文踪留迹

黄建华 著

图书在版编目(CIP)数据

文踪留迹 / 黄建华著. —北京：商务印书馆，2022
ISBN 978-7-100-21080-5

Ⅰ.①文⋯　Ⅱ.①黄⋯　Ⅲ.①文学研究—文集　Ⅳ.
①I0-53

中国版本图书馆 CIP 数据核字（2022）第 070178 号

权利保留，侵权必究。

文踪留迹

黄建华　著

商 务 印 书 馆 出 版
（北京王府井大街36号　邮政编码100710）
商 务 印 书 馆 发 行
北京艺辉伊航图文有限公司印刷
ISBN 978-7-100-21080-5

2022年9月第1版　　　开本 710×1000　1/16
2022年9月北京第1次印刷　印张 11 1/2

定价：78.00 元

作者近照

作者与《克莱芙王妃》等书的合译者余秀梅

作者与《爱经》等书的合译者黄迅余

校长任期届满,发表离职讲话后,轻松留照

前　　言

我是个大学教师,也是个辞书工作者,学术上的主攻方向是词典学研究和辞书编纂,在漫长的职业生涯中也曾写下过有关的文字。现暮年已至,晚景无多(我今年84岁了),不免动起把零散的篇章拢在一起的念头。田兵教授主动协助我收集、整理散载于不同处关于词典学的文章,交由商务印书馆出版。其中选取到一篇题为《梁宗岱治学路子引发的思考》的拙文,我重读后提出要把它抽走,因为这与词典学无关,放在一处,显得不伦不类。在谈及此事的时候,处理此书出版事宜的商务印书馆编辑在旁,她认为,该文有点意思,抽去可惜。我当即透露,此类散文,我也写过一些,如感兴趣,可以汇成另一集子,她随即表示,乐意接纳。这样,本来放在一旁、有待"见光"的散篇又重新进入我的视野之中。此前,其实已有同事帮忙搜集了一些,不过尚不齐全,我便赶忙亲自动手,填空补缺,汇编起来。

教学与辞书研究之余,我也搞点翻译。正儿八经地译书是三四十年前的事了,我曾翻译或主译过《自然法典》《论实证精神》等四本书,收在商务印书馆出版的"汉译世界学术名著丛书"中。其时我是个纯粹的译者,自感不够格给读者导读,因而没想到借此发表什么个人见解。所以那四本"汉译名著"不是序跋全无,就是由资深的学者替我撰写绍介该书的文字。后来译作渐渐多了,还写点小诗文,在报刊时有发表,于是就想到为自己的译书或诗文集写点"前言后语",最后居然鼓起了勇气,参加论辩,还应约替别人的书稿写点导读之言。这次着手归纳整理,发现分量虽然不大,但相当散乱,如何编排,颇费踌躇。起初我按时序试排,十分便捷,可是自己重看一下，发现同类的内容被安排得相距十万八千里，显得杂乱无章。最后决定大致归类，便成目前分三辑的样子，希望读者更易于了解本人零散的文化活动的粗略面貌。

"文踪留迹"，这"迹"当然不会是"斑斑劣迹"，何况"文章是自家的好"已成习见，我不可能是超群的例外，不过我倒不认为，自己用以示人的东西有多么优秀，只是我总持这样的想法：每个人都是独特的个体，有其不可复制的存在价值，说不定有什么人就喜欢我这一"款"，倘若这集子中的某些篇章能赢得读者的喜爱，他们读后有所获益，那我就心满意足了。

我诚挚欢迎来自任何方面批评指正意见。

黄建华
2019年末于广外校园

目　　录

第一辑　宗岱的世界

3　　梁宗岱治学路子引发的思考

21　《宗岱的世界》总序

23　《宗岱的世界》编后小记

25　《梁宗岱传》后记

28　《诗情画意》编后记

30　《梁宗岱早期著译》序

32　《芦笛风》序言

第二辑　译事的前言后语

45　《蒙田随笔》译者序言

48　话说《克莱芙公主》

60　心理分析小说的奇葩——《阿道尔夫》译本序

68　两兄弟与三女性——《爱海沉帆三女性》译序

77　快慰的感受——代前言

80　《中国社会史》译后记

82　《夜之卡斯帕尔》译序

87　再版译序

93　两颗巨星相遇后的留痕——序《乔治·桑情书集》

98　《爱经》——关于男欢女爱的古罗马诗作

116 《蒙田散文》译序

124 《沉思录》译序

127 《古堡奇情》译序

130 《图像的生与死》译序

135 《碧丽蒂斯之歌》新译本序

第三辑　记忆筛子里的余留

139 记忆筛子里留下来的真

147 只要能带着独立思考的精神去读——译后记

149 宠辱不惊　去留无意——离任前的讲话

152 《花都异彩》开篇的话

154 《随谈录》书末的话

156 引子（序《春雨催红育新桃》）

159 关于大学"全球化"的思考

168 《遗珠拾捡》序诗

169 《遗珠拾捡》后记

171 《遗珠再拾》后记

172 《黄建华短诗选》序诗

第一辑　宗岱的世界

梁宗岱治学路子引发的思考

梁宗岱先生100周年诞辰的日子到了。纪念一位文化人,为的是从中吸取点什么,以便后来者发扬光大。从与会者提交的论文来看,有研究梁宗岱关于象征主义的见解的,有探讨他的"纯诗"理论的,有阐发他诗论中的"宇宙意识"的,也有论述他的诗学建构及批评方式的……①,总而言之,涉及诗学问题的居多,这无疑是梁氏学术成就的重要方面。近几年来,社会上的一些学者和文化人对梁氏这方面的成绩都给予了充分的肯定乃至极高的评价(见下文《问题所在》一节)。本文拟从另一个角度,从梁氏的治学经历,亦即从其所走的学术道路,看看能给我们一些什么启迪。

资格如何?

为了迎接纪念梁宗岱的活动,我们搜集、整理了他的学术成果,并对他的生平作了一番认真的考察。我惊讶地发现,按目前的高教职称评审"条件",梁宗岱是不够格当教授的。谓予不信,请按"资格条件"逐一核对便见分晓。我们且撇开那些不便对照的条件(例如"思想政治条件")不提,就看看其中的三条"硬件":

1. 学历(学位)条件。梁宗岱游欧七年,曾先后进过法国的巴黎

---

① 请参看"参考文献"中带有*号的条目。

大学、瑞士的日内瓦大学、德国的海德堡大学、意大利的佛罗伦萨(旧译翡冷翠)大学,但未见他从哪一所大学拿过文凭。别说是硕士、博士学位,就连学士学位他也没得过。当时留洋的学子,哪怕是进二三流、甚至不入流的大学,好歹都拿个博士头衔回来;梁宗岱进的可以说是欧洲的名牌大学,但却是学而未"成",似他这等大学未毕业的学历,换到今天,能否够格评上个讲师,也大成疑问。

2. 论文、著作条件。梁宗岱以"中国诗人、翻译家"[①]的称谓传世。他出版过两本诗集:新版只有40页(连诗人周良沛所写的《集后》在内)薄薄的《晚祷》[②],含附录才仅有78页共收56首短诗词的《芦笛风》(1944年广西华胥社版)。然而,没有任何明文规定:诗作可以充当论文。因而这自然不能归入"论文、著作"的必备条件之列。梁宗岱也译过一些名著:法译《陶潜诗选》,译诗集《一切的峰顶》,译文集《交错集》,罗曼·罗兰的《贝多芬》(旧译悲多汶),里尔克的《罗丹论》,莎士比亚的《十四行诗》,每种分量都不算大;而他的《浮士德》和《蒙田随笔》到译者去世后才得以结集出版,其中一些译作还只能算是重译本(例如《十四行诗》和《浮士德》)。我们的职称评审条件,没有哪一条是可把译作归入"论文、著作"之列的。这样"中国诗人、翻译家"的头衔似乎无助于梁宗岱登上教授的台阶。

幸而梁宗岱还是有著作的,那就是《诗与真》和《诗与真二集》(商务印书馆,1933,1935年)。不过这两本书都不是自成体系的独立著作,而只是发表于报刊上的零散文章的结集。而"论文集上收集的论文均不计入规定的数量,只供参考"(见某部门制定的"高等学校教授、研

[①] 见2002年版《辞海》(上海辞书出版社)。
[②] 湖南文艺出版社,1986年版。

究员资格条件")。再说,两本论文集合计起来,才12万余字①,还达不到有关规定的15万字之数。这样看来,光凭这两本小书,梁宗岱还是没有资格跨进今天高校的门槛的。

不过,幸亏梁宗岱还是写了点论文,虽然不是那种"有根有据"、"符合学术规范"、文末附有大量参考书目的文章。那总算称得上是论文的,梁宗岱总共写了三篇:《屈原》(1941,后由华胥社出单行本)、《非古复古与科学精神》(1942,西南联大《文学季刊》一卷一期)、《试论直觉与表现》(1944,重庆《复旦学报》第一期文史哲)。至于其他一些在报刊上零星发表的豆腐块式的短文,显然是不能归入"论文"之列的。这样一算,梁宗岱当教授的必备条件还差了一截:论文不够篇数。姑且把《诗与真》和《诗与真二集》也算在内吧,总共也只达到"5篇(部)",离文科类规定的最低标准"6篇(部)"尚差1篇(部)。而梁宗岱的学历是不达标的,按"规定",文科类还得再"增加5篇(部)",也就是说,光"论文、著作条件"这一项,梁宗岱要当教授还差得远呢!

3. 业绩成果条件。按规定,需要承担重大的科研课题或获得过某某级别的奖项。梁宗岱没有主持或承担过任何(更别说"国家"级或"省部"级了)科研课题(他的成果无非是自个儿写写文章),更没有获得过任何奖项。因而也就不具备任何可以"破格"的条件。

然而,经过对照,有一条梁宗岱倒是符合了标准的,那就是"外语条件"。按规定,要求"熟练掌握1门外语"。梁宗岱精通法语、英语,通晓德语,能阅读意大利语;而在职称评审条件中可作为外语算的古汉语,梁宗岱也掌握得不差。虽然他没有考过多少分,但通通都是有

---

① 见《诗与真·诗与真二集》(北京:外国文学出版社,1984年版),版权页上标的字数为124千。

书面材料为证的。如前所述,他用法语译了《陶潜诗选》,从英语译了《十四行诗》,从德语译了《浮士德》,而所填的几十首《芦笛风》词则满可以说明他对古汉语运用熟练。由此可见,就"外语条件"这一项,梁宗岱不仅达到"标准",而且是超过了"标准"的。但超过的部分,却未见有规定可以用来填补其他条件的不足。这样,综合起来一掂量,梁宗岱还是不具备提出评教授的资格,这就不免令人产生疑问:过去他这"教授"是怎么当的?

凡是稍稍了解梁宗岱生平的人都知道:1931年梁宗岱从欧洲回国,欣然接受了北京大学校长蒋梦麟和文学院长胡适的聘请,任法文系主任兼教授,同时兼任清华大学讲师,其时年方28岁。梁与胡适交恶后离开北大,复于1936年年初,接受天津南开大学英文系主任柳无忌的邀请,应聘为南开大学英文系教授。抗战爆发后,平津沦陷,无法在南开呆下去,后辗转到了大后方,于1938年初,应旧教育部函请,受重庆复旦大学之聘,任外国文学系教授。1941—1944年,梁宗岱任复旦大学外国文学系主任兼教授。后因家事原因离开重庆,回到广西。1945年应老教育家雷沛鸿(曾任广西教育厅厅长)邀请,合办西江学院,梁担任该学院教授、教务长,其后是代理院长,直至广西解放前夕。解放后不久,一段时间曾蒙冤入狱。出狱后,1956年奉调至中山大学,被定为二级教授。在中山大学任教至1970年,同年,中山大学外语系并入广州外国语学院,梁宗岱随外语系转至广外,任法语教授,直至1983年逝世。

在梁宗岱从事教育的经历中,有两个细节无妨说明一下:1)在北大任教期间兼任清华大学讲师,是当时北大、清华两校互聘教师的一般做法的反映:在北大任教授的,到清华兼课则一般按讲师聘用,反之亦然。这里并不表示当时的清华比北大要求更高。2)20世纪五六十年代的时候，大学以"一级教授"的职称为最高，极为稀罕。据熟知当时情况的人介绍，以梁宗岱的资历和水平，本可以定为一级教授，但由于他到中山大学之前曾脱离教学多年，只好"暂定"为二级。

综观梁宗岱的从教经历，他曾执教的北大、清华、南开、复旦、中大都是中国有数的名校——我们姑且把民办性质的西江学院和当时还属新办院校的广州外国语学院撇开不算。梁宗岱能依次在这样的高校占一讲席，总不会是"盗名欺世"而得的吧？然而，拿现行的"条件"去衡量一下，梁宗岱却似乎远远达不到"教授"的要求。这种鲜明的矛盾是不是暗含着某些值得我们思索的问题呢？

问题所在

第一个问题是对学位的看法和态度。梁宗岱在《我的简史》[①]中写道："翌年（1926）冬天，转赴巴黎，入巴黎大学文科。觉得考取学位要穷年累月钻研一些专门的但狭隘的科目，不符合我的愿望，决定自由选课，自由阅读，以多结交外国朋友，尽可能吸取西方的文化菁华为主。"后来他便进入巴黎一些文艺沙龙，结识不少享有国际声誉的文艺界、学术界人物。也就在这段时间认识了法国桂冠诗人梵乐希（新译瓦雷里）、大文豪罗曼·罗兰。受他们的鼓励，把陶潜诗译成法文，在法国出书，把梵乐希的《水仙辞》译成中文，刊登于中国的《小说月报》，成就了中法文化交流的一段佳话。梁宗岱留欧没有读学位，从历史角度而言，对他本人、对中国文化是得是失，还真难说。不过，如果梁宗岱晚生几十年，起码对他本人，肯定是损失惨重的，因为他未必能登上

---

① 收在《宗岱的世界》的《诗文》卷中（广东人民出版社，2003年版）。

中国名牌高等学府的讲坛。这使我想起三十多年前余光中先生写的一篇文章:《给莎士比亚的一封回信》。这虽然是针砭当时台湾状况的戏言,但颇耐人寻味。请读这一段:

"我们是一个讲究学历和资格的民族:在科举的时代,讲究的是进士,在科学的时代,讲究的是博士。所以当那些审查委员们在'学历'一栏下,发现您只有中学程度,在'通晓语文'一栏中,只见您'拉丁文稍解,希腊文不通'的时候,他们就面有难色了。也真是的,您的学历表也未免太寒伧了一点;要是您当日也曾去牛津或者剑桥什么的注上一册,情形就不同了。当时我还为您一再辩护,说您虽然没上过大学,全世界还没有一家大学敢说不开您一课。那些审查委员听了我的话,毫不动容,连眉毛也不抬一根,只说:'那不相干。我们只照规章办事。既然交不出文凭,就免谈了。'"[①]

幸而当年身任北京大学文学院院长、本人也有洋博士头衔的胡适比余光中先生所说的"那些审查委员"开明,他不问梁宗岱是否有文凭,更不待梁宗岱登门求职,便致电催梁宗岱回国任教。到校后,梁氏深得院方的器重,当时胡适住在地安门内米粮库四号,为了"引进人才",他不惜从自己的住宅中腾出一个独门独户的偏院给梁宗岱居住。米粮库四号是一座宽绰的三层大洋楼,洋楼前是一个阔大的庭院,有树木,有花圃,有散步的广场。胡、梁两家比邻而居,常有交往。这里,一度成为校内外青年学子慕名求教,切磋学业,谈诗论赋,探讨文艺的

[①] 余光中,1967,《给莎士比亚的一封回信》,载《高速的联想》(天津:百花文艺出版社,1998年版)。

沙龙。要知道,胡、梁二人并无裙带关系,在此之前也没有私交,彼此仅有一面之识而已。至于后来因梁的婚姻问题两人闹翻,那是另一回事,与胡适的人才观无关。

其实当时真正追求自己所热衷的学问而不顾学位的远非梁宗岱一人,著名的历史学者陈寅恪就是其中的一个代表者。他曾留学英、日、德、美、瑞士等多个国家,通晓多门外语,可就是没有拿到洋学位。而清华大学却向他敞开了大门。那个年头,无高学位而有真学问的人似乎都不难找到立身之地,这样的人,我们随便能数出一大串:梁漱溟,鲁迅,周作人,郭沫若,华罗庚……。而今天留学七八年,竟没有拿半张文凭回来,不被人视为"傻瓜"才怪。这样的"傻瓜",要去敲开高校的大门尚且困难重重,更别妄想像梁宗岱那样领受大学文学院院长的特殊礼遇了。

这里丝毫没有劝人不读学位或否定洋学位、高学位的意思。这种学位的获得者确实有不少真才、高才(但无可否认,其中也不乏庸才、虚才)。而只是希望,制定人才政策的人,能"网开一面",给当代的"梁宗岱",当代的"陈寅恪"留有施展才华的天地。让这些低学位或无学位的真才去跟那些拥有高学位、洋学位的虚才比比看。

第二个问题是文科教授应拥有什么成果才具备资格。我们查考了一下,梁宗岱应聘任北大教授时,除零星的小诗、短文而外,只有诗集《晚祷》,法译《陶潜诗选》,中译诗《水仙辞》(后收入《一切的峰顶》),无半篇学术论文,更没有学术著作。而我们的胡适博士,竟堂而皇之聘他为教授,而且委以系主任之职,他与后来余光中先生所指的"那些审查委员"实在不可同日而语。这里不厌其烦再引一段余先生的谐谑之言:

"尊友莎君的呈件不合规定，"一个老头子答道。

"哦——为什么呢？"

"他没有著作。"

"莎士比亚没有著作？"我几乎跳了起来。"他的诗和剧本不算著作吗？"

"诗，剧本，散文，小说，都不合规定。我们要的是'学术著作'。"（他把"学术"两字特别加强，但因为他的乡音很重，听起来像在说"瞎说猪炸"。）

"瞎说猪炸？什么是——"

"正正经经的论文。譬如说，名著的批评，研究，考证等等，才算是瞎说猪炸。"

"您老人家能举个例吗？"我异常谦恭地说。

他也不回答我，只管去卷宗堆里搜寻，好一会才从一个卷宗里抽出一叠表格来。"哪，像这些。汉姆莱特的心理分析，论汉姆莱特的悲剧精神，从佛洛伊德的观点论汉姆莱特和他母亲的关系，汉姆莱特著作年月考，Thou 和 You 在汉姆莱特中的用法，汉姆莱特史无其人说……"

"我明白您的意思了。假如莎士比亚写一篇十万字的论文，叫汉姆莱特脚有鸡眼考……"

"那我们就可以考虑考虑了，"他说。

"可是，说了半天，汉姆莱特就是莎士比亚的作品呀。与其让莎士比亚去论汉姆莱特的鸡眼，为什么不能让他干脆交上汉姆莱特原书呢？"

"那怎么行？汉姆莱特是一本无根无据的创作，作不得数的。汉姆莱特脚有鸡眼考就有根有据了，根据的就是汉姆莱特。有根据，有来历，才是瞎说猪炸。"①

可当时胡适博士就不管梁宗岱是不是有"瞎说猪炸"，大概他认为：梁宗岱中法文皆通，法译的《陶潜诗选》深得梵乐希和罗曼·罗兰的赏识，中译的《水仙辞》令一代爱好文学的青年为之倾倒，而且梁本人还能写诗，具有创作能力，这就足以够格当北大的法文系教授。因为这都是实实在在的真功夫，没半点花架子的。胡适是写学术论文出身的（为了获得博士学位，就不得不写论文），他一定深知其中的轻重、深浅，但却并未以此要求梁宗岱，可见他并没有把学术论文看得如何神圣。这种情况难道不值得我们深思？

这里也丝毫没有鄙薄学术论文的意思。学术论文的确许多是对学术有所贡献、能反映作者的学术水平的。但好的东西，千万别把它推到"只此有用，排斥其他"的境地。且拿翻译来说吧，按现行的教授"资格条件"规定，只有论翻译的文章才能在高校职称评定中起作用，翻译作品是不算的，我们不妨带着这种条条框框看看目前一些颇为耐人寻味的现象：某些拿不出或从来未发表过任何像样译品的人却在喋喋不休地教人如何搞翻译；某些推出过长篇大论研究翻译的著作或学术论文的人，知情的出版社却婉拒其译稿，编辑部不想开罪这种眼高手低的"翻译研究家"或不愿意因他们的译品而赔上出版社的声誉。近年来，研究翻译的学术论文或专著与日俱增，真个是花样翻新，层出不穷，除《中国翻译》那样的专门刊物之外，各家的外语期刊几乎都登载研究翻译的文章，呈现出一派繁荣的景象。按理来说，有这样庞大的理

---

① 余光中，1967，《给莎士比亚的一封回信》，载《高速的联想》（天津：百花文艺出版社，1998年版）。

论支撑,我们的译坛一定是英才辈出,硕果累累的。可奇怪的是,来自出版部门的观感,却完全是另一回事。一叶知秋,从最近两篇文章的题目便可窥出一点端倪:《版权贸易喜人,译著质量堪忧》、《劣质翻译充斥学术著作》①。我真怀疑,外语院校中把翻译著作拒于"成果"的门外,将来如何能培养出像梁宗岱那样的翻译大家?既然凭几篇"架空之论"也能名成利就,谁人愿意去下"字典不离手,冷汗不离身"(鲁迅语)的死功夫?

第三个问题是如何看待学术成果的数量。如前所述,梁宗岱毕生著作不多。这次由广东人民出版社推出的《宗岱的世界》丛书,共5卷,分别是《诗文》《译诗》《译文》《生平》《评说》。第4卷是别人写的他的生平事迹,第5卷选载众人对他本人及其作品的评述;前面3卷才是梁宗岱的著作和译著,撇开《译诗》、《译文》不算,梁宗岱自己的著述只有《诗文》一卷,共33万字。这已经是大力搜求的所得,估计不会有重大的遗漏。换言之,人家写他的比他本人写的还要多得多。梁宗岱就靠这为数不多的文字奠定了自己诗论家的地位。至目前为止,就我所见,关于他的诗学见解,诗家和评论家几乎是众口一词的赞扬。这里引述几家看法,从中可见一斑。

著名诗人陈敬容(1985)说:"这部论著的前半——即《诗与真》那部分,我曾在三十和四十年代读到,它的二集中各章,也零星读到一些,它们都使我受到过震动。人民文学出版社"为了满足读者的要求",把它们合并为一册《诗与真·诗与真二集》,予以重印,这无疑是知识界一件大好事。出版说明中还提到:'作者在这里以其深厚的古典文学素养,对西方文学特别是德、法两国文学及其代表人物(如哥

---

① 见《中华读书报》2002年11月20日,2003年1月15日。

德、罗曼·罗兰、梵乐希、韩波等）的创作，进行了比较文学上的探讨，他的一些独到见解至今仍有参考价值。'真可谓此言不虚。我在隔了四、五十年后重新阅读这本书时，受到的震动也仍然不减当年。"

香港评论家璧华（1979）认为："梁宗岱的诗论结集《诗与真》《诗与真二集》可以和朱自清的《新诗杂话》、李广田的《诗的艺术》以及艾青的《诗论》并列为五四以来最重要的论诗著作，其重要性在于对诗歌创作实践所具有的指导意义。"

西南师范大学李怡（2003）教授指出："很明显，他（梁宗岱）关于'象征'的论述比周作人的直觉性言论更周全更详尽，也比朱光潜的结论更符合诗歌思维的整体性特征，他关于'纯诗'的解说也比穆木天'纯粹的诗歌'理想更具体也更有明确的实践意义，他关于'契合'的阐述也深入了中国式象征主义诗歌的诗思本质，而这一点也未尝被其他中国诗论家所明确论及。在所有这些诗学概念的发掘方面，梁宗岱都充分展示了他作为一位新诗实践者的丰富艺术经验。"

上海复旦大学李振声（1998）教授仅就梁宗岱的《象征主义》短文就作出这样的评价："《象征主义》一文最初刊于1934年初出版的郑振铎挂名、靳以所编、巴金在背后出力的《文学季刊》，不长的篇幅里，却通篇充满了中西文学的典故，几乎称得上是中外诗学思想一次小小的盛宴，作者以他丰富的自由联想，将这些繁富的思想珍珠串缀成篇，如果你是一个缺乏相应知识准备的读者，甚至不免会有几分目迷五色的惶惑。这篇论文不仅具有传输准确、评述精当的学术价值，而且还有特定的文体意义。梁是诗人，他是以诗笔的触须去探涉理论问题的，因而整个论述过程，意象纷披，元气淋漓，甚至颜色抚媚，姿态招展，显得既华美又铺张。他的其他诗论，也往往具有这一特色。因而在中国现代诗论中显得别具一格。"

北京师范大学陈太胜（2003）博士认为："梁宗岱是沐浴着'五四'精神成长的典型的中国现代自由主义知识分子，在诗歌的创作、翻译、特别是研究上卓有成绩。他30年代中期先后由上海商务印书馆出版的作品《诗与真》和《诗与真二集》在当时是影响较大的诗学专著，在某种意义上是代表着当时最高的诗学研究水平的。其中《诗与真》于1935年2月初版，5月即再版一次。他的写于40年代的《论直觉与表现》时至今日都可以说是讨论诗歌创作问题的最为深刻的论文之一。"……

不必多引下去了，总之，从中可知，大家都不以"数量"论"英雄"。璧华（1979）先生说得好："他（梁宗岱）的作品虽然不多，但却能以质取胜，抵抗得住时间尘埃的侵蚀，保持其青春的鲜艳与活力"。

由此可见，凭"论文"篇数来定某人学术成就或资格常常是很不可靠的。据说，当年主持北京大学的蔡元培校长（他也是一名洋博士呢）仅从一篇文章（《究元决疑论》）就发现梁漱溟是个人才，就敢于把北大的讲席交给这位只有中学学历的书生[①]。他这不拘一格的识才慧眼是何等敏锐啊！对比之下，我们今天的"量化"尺度，不是太死了一点？光凭"数字"取才，就难保不出现"弃周鼎而宝康瓠"的可悲局面。

其实，时至21世纪的今日，人类的生产力大增，无论物质产品生产或是精神产品生产，在许多方面、或就总体而言，主要问题已不在于补缺（或摆脱匮乏），而在于求精（创造高质量的成品）或创新（研制人无我有的新产品）。精神产品的生产则更应如此。就拿文学创作来说吧，人们已经开始对前辈的伟大作家写得太多深为惋惜。巴尔扎克

[①] 参看曾百炎，2003，《哈佛办学一怪》，载《鹏程》2003.3（摘自《北京观察》2003.1）。

的《人间喜剧》写了90余部，被誉为是反映19世纪法国社会的"百科全书"，他许多小说对景物、环境、陈设等描绘极为细腻，细到叫你没有耐心看下去，因此有人就说：巴尔扎克不少作品前50页你可以翻过去不看，丝毫不影响你对作品的理解，还不致败坏你的阅读兴趣。乔治·桑才华横溢，写下了一系列维护女权的作品和田园小说，她走笔成章，出书神速，今天法国人对她的文笔已有所争议。有人讥讽她写得太多，像一头"会产文字的母牛"。就连雄踞19世纪法国文坛的雨果，他那些江河直下式的长诗，已有人觉得它不知节制。其实这也没有什么可奇怪的。一个作家写得太多，也就不可能篇篇都精雕细琢，自然就会出现良莠不齐的现象。于是我们的读者就只好为那些他们热爱的优秀作家的平庸之作和败笔而扼腕叹惜。

前辈作家要多写，有时未可厚非，例如巴尔扎克，他要生活，要还债，不得不靠字数、出书数来多赚稿费。而今天的大学教师是不必靠论文数来维持生活的（我想论文也是精神产品，和文学创作的道理相同），在这个出版物激增，文字成品铺天盖地而来的年代，我们的"量化"政策却一意鼓励多产：每篇论文奖若干，越多越好，不足篇数的受罚。前面是"甜头"引，后面是"鞭子"催。真不知想把学子们赶往何处？

十余年前我（黄建华1992）说过："目前外语学刊不少，出版物正日益增多，但大多印数不大，其中好些文章也没有多少新见，发表之后，有如小石子投进大海，在社会上乃至在同行中都不产生任何影响，对自己及对本单位的实践也不起丝毫的作用，不说被人引用，甚至连批评意见也没有引起半句。除非那里面真的有什么未为常人了解的价值有待后人发掘，否则这样的文章就算是白写了。除了申报职称起点作用之外，试问它还派什么用场？"

至今我还是这个看法。那时我还说得不够完全,这里得补充一句:这样的文章对于总结本单位的"科研成绩",还是有用场的,起码有数字为证嘛。不过,如果我们能像梁宗岱那样,留下三两篇大半个世纪之后还有人去读、去揣摩的文字,又何必在乎此时此地数量的多寡?

症结在哪儿?

上文提出了三个供人们思索的问题。如果提得不差,那么症结又在哪里呢?我认为起码有两个方面。

第一是有意或无意地把自然科学和人文学科混为一谈;同时也有意或无意地无视物质产品生产与精神成果生产质的差别。

从现行的"资格条件",我们看到,对"理工类"和"文科类"教师的论文著作要求,只有数量上轻微差别(1篇或1部之差),看不到反映这两种"生产"的特殊性。然而,就我所知,理工类的论文,往往是解决了某个科学或技术问题,或取得了某种实验结果的产物,文科类的则不尽如此,尤其是"文艺学"之类的文科,常常是逻辑推演的产物,申述某种看法或反驳人家某种观点(即如我这篇文章那样)也就可以写成一篇论文。在这种情况下,一篇论文的工作量相当于一本专著或教材,对理工类或许是行得通的,因为理工类专著或教材毕竟通常是归纳前人或旁人的成果,而不是作者本人经过多方研究或实验之后的新发现。而文科类(尤其是"文艺学"之类)的专著和教材,与其同类的论文的工作量比较就不可同日而语。前者光是谋篇布局也要复杂得多。再说,有创见性的文科类专著或教材的问世,有时就是一门新学科的建立(索绪尔的《普通语言学教程》便是个好例子)。

这类数字,一旦放到具体情形中去衡量,就不难发现其中的漏洞或不切实际的偏颇。就我个人的经验来说吧：我的《词典论》先是在《辞书研究》上发表，共刊登了14篇，后来再补写了一章才结集出版。我这"论文著作"量该怎么算呢？如果按在学术刊物上公开发表的论文来算，那我已有14篇，超过了最高的要求。如果按专著算呢？那我只得1部，也就是相当于1篇论文。如果我径直写书，而没有分篇在刊物上发表，那我岂不是吃大亏，升职无门？这是怎样的数字游戏啊！

毕竟精神"生产"不同于物质生产，后者可以一件一件去点数，做到百分之百精确，而前者要复杂得多。精神"生产"中，理工类的和文科类的又有不同特点，已如所述；就是在文科类中，较接近自然科学的社会科学和一般的人文学科又有极大的差别。且再拿翻译为例。一个学理工的学者翻译了一本关于机械工程的著作，当然不能算是他科研成果（而只能表明他的外语水平），一个学经济的翻译了一本关于证券问题的书，也自然不能作为他的科研成果算，因为他本人没有创造什么。而一个学外国语言文学的，翻译了一部经典著作，就应算是他的科研成果。好的名著翻译是一种再创造，它要克服的困难比你写两三篇普通的论文要大得多。凡是认真搞过经典著作翻译的人都会有这样的体会。某些前辈学者为了一本翻译的书加注近千条，没有切切实实的研究，能做得到的么？在那种无情的数字面前，我们的前辈学者也许是太"笨"了。翻译家的梁宗岱，你毕生有三分之二的文字，对于你作为教授是可有可无的。虽然梵乐希和罗曼·罗兰曾欣赏你的法译文，虽然有评论家（璧华1979）认为：你的翻译"具有极高的借鉴价值"。"五四运动以来，除梁氏外，仅有朱湘、戴望舒、卞之琳等少数几个能达到这个水准。"虽然还有论者（徐剑1998）指出："梁宗岱严谨执着的翻译精神也为后辈树立了光辉的榜样"，但那管什么用呢？毕竟"量化"是一视同仁的呀！

第二是把那些"有根有据"的论文奉为惟一的学术成果模式,而忽视了文科(尤其是"文艺学")中以个人独特认知和体验出发的创见。后一种文论,用梁宗岱的话来说,取的是"走内线"的路子。梁宗岱(1941)也承认:"走内线"的,"容易流于孤陋,流于偏颇,有时甚或流于一知半解"。然而,"走外线"的,也容易"沦为一种以科学方法自命的烦琐的考证",以致"旁逸斜出,标新立异,或穿凿附会"。近现代的西方文论,由于强调"科学"、"精确",有些已经"走火入魔"。它在分析其审美对象时,大搞旁征博引,拆分肢解,数码统计;犹如鉴赏一名"美人",非要把她还原为水分占多少、骨头占多少、各类元素又占多少不可。这样的结论,"精确"倒是"精确"了,但人家读完以后,连那"美人"都不想欣赏了。梁宗岱虽然接受西方教育多年,他的诗论却没有走这样的极端。他始终紧扣作品,而且把自己的阅读经验和创作经验都融汇到文中。他那感情洋溢的笔触,诗化的语言,敏锐而独到的见解,至今还"震动"(陈敬容语)着读者。无怪有论者(姜涛1995)认为:"梁氏的批评从某种角度说是一份艺术化批评的范本。"

既然是"艺术化",离"科学"自然也就远了。梁宗岱关于诗学的文章大多数写得很短,根本就够不上学术论文的份量,而且多半"无根无据","无所依傍",没有时下发表在学刊上的论文的那种"学术"气味。试问,梁宗岱把但丁与屈原扯在一起比较,拿李白与哥德相提并论[①],究竟出自何书,据自何典?按某些人的见解,凡是没有根据的,就算不上是"学术论文"。那么,梁宗岱给我们留下的东西,还剩几许?可谁又能否认,梁宗岱的这些"小"文章所蕴含的大智慧?

如果一定要有文献"根据",打一个未必恰当的比喻,那么,邓小

---

① 分别见梁宗岱的《屈原》、《李白与哥德》。

平的"一国两制"论，又是"根据"哪一部马列经典提出来的呢？在"科学"的大旗下，我们看到这样的奇怪现象：三言两语提出创见者，未必算有学问，而在其后面连篇累牍"论证"的人倒被视为符合"学术规范"的大学问家。由于受"量化"指挥棒的指引，那种重复的、平庸的、蹩脚的、有"学术"面孔而无学术新见的"学术论文"便被大量炮制出来。在物质生产和消费的领域中，人们正为垃圾的处理而大费脑筋，在精神的"生产和消费"领域，如果现在缺乏警觉，总有一天，人们会为处理这种被"量化"催生的高级文字垃圾而犯愁的。目前互联网中出现的大量垃圾信息，也许是一个可资借鉴的警示。

这里也丝毫没有否定文论中"走外线"路子的意思。任何时候，文献的积累，相关材料的深究，细致入微的辨析都是需要的。我只是希望，在我们的评价系统中，也给"走内线"路子的文章留它一席应得之地。因为否定了它，有时就意味着否定了其中蕴含的创造性，否定人的悟性和灵性。

临末，我还得声明：本文也并非要全盘否定"量化"，更没有指向"量化"标准制定者的意思。而仅仅想指出：学术问题远比某种尺度来得复杂，梁宗岱的学术路子可给我们很多启发和思考。

参考文献：

璧华：《梁宗岱选集·前言》（香港：香港文学研究社，1979年版）

陈敬容：重读《诗与真·诗与真二集》（《读书》，1985/12）

陈太胜：差异里的建构——梁宗岱的新诗理论及其启示（《北京师范大学学报》，2001/3）

*陈太胜：梁宗岱的中国象征主义诗学建构与文化认同（纪念梁宗岱100周年诞辰学术研讨会论文，2003）

＊段从学：梁宗岱象征主义诗学的本体意识（纪念梁宗岱100周年诞辰学术研讨会论文，2003）

段美乔：实践意义上的梁宗岱"纯诗"理论（《北京大学学报》，2001/2）

姜涛：论梁宗岱的诗学建构及批评方式（《清华学报》，1995/4）

黄建华：学者当自树其帜（《现代外语》，1992/4）

＊李怡：意志化之路上的梁宗岱诗歌与诗论（纪念梁宗岱100周年诞辰学术研讨会论文，2003）

李振声：《梁宗岱批评文集·编后记》（《梁宗岱批评文集》，珠海出版社，1998年版）

梁宗岱：《屈原·自序》（广西：华胥社，1941年版）

徐剑：神形兼备格自高——梁宗岱文学翻译述评（《中国翻译》，1998/6）

＊许霆：全面超越二十年代诗学——论现代诗学演进中的梁宗岱诗论（纪念梁宗岱100周年诞辰学术研讨会论文，2003）

阎玉清：梁宗岱诗论的宇宙意识初探（《郑州大学学报》，1996/6）

（原载《广东外语外贸大学学报》2003第四期，节写稿载《学术研究》2003，10月号）

《宗岱的世界》总序

作为当代诗人、翻译家，梁宗岱生活的时间不算短暂，年逾80才逝世，但他的诗名和译家的名字上半生已经奠定，由于客观上和主观上的原因，后半生归于沉寂或近于无闻了。但真正为我国文化做出了贡献的人，人们是不会忘记他的。极左的风潮过后，人们终于看到那被遗忘、或甚而被人谩骂的诗文，里面有着闪光的精华。于是近一二十年来，宗岱的诗、文，由不同的出版社陆续重出。探讨他的诗学或对中西文化交流贡献的文章也时见报端，大学里的研究生也有以探讨宗岱的学术贡献为题材写成硕士论文或博士论文的。像这样一位人们不应忽略的诗人和翻译家，对于他的作品和生平早就应该有一部全集和有一份全面的传记了。2003年，刚好是宗岱的百年诞辰纪念，也是他逝世的20周年。我们便借这个机会给这位广东的文化学人（宗岱是广东新会人）作一个全面的初步归纳工作。我们计划出一套丛书，共计五本，分别是：

《宗岱生平》

《宗岱诗作》

《宗岱文论》

《宗岱译诗集》

《宗岱译文集》

这样，宗岱整个作品和本人的生平面貌就大体呈现在读者面前了。经过大力搜求的结果，我们敢于夸口：遗漏的东西不会太多，但编著者仍然不敢以《全集》或《全传》来命名，深恐仍有挂一漏万之虞。我们打算，如有可能，将来再补出一本《宗岱佚文集》，这样就可以算是"功德完满"了。

宗岱以精写、精译为特点，存留的作品不多，这给研究者带来相当的方便，通读起来花时间不长，不存在驾驭卷帙浩繁作品之难。但宗岱的作品也有不易掌握之处，因为它牵涉中外的文化知识，而且涉及英、法、德、意四种外国文字。因此我们整理宗岱的作品，凡遇外文的，都尽可能请通晓有关语种的人士重校，以期减少疏误。

这样的一套丛书得以完成，全赖好几方面人士大力协作的结果，广东外语外贸大学校办有关人员，图书馆、档案室的人员，研究生等都参与其事，有的是电脑输入，有的是寻找资料，有的是提供图书档案材料，有的是外出访问，有的是作了部分的起草工作，有的是帮忙校阅，等等，不一而足。尤其是宗岱的家属，他们都不惜花时间、花精力帮忙看稿或提供情况。可以说，没有他们的协助，这套丛书，就不可能完成或起码不可能在这么短的时间内完成。我们在分卷中还会对这些出过力的有关人士提名表示谢意。

2003年8月于广外校园

（《宗岱的世界》，黄建华主编，广东人民出版社，2003年版）

《宗岱的世界》编后小记

这是本丛书的最后一个文集。前面几个集子介绍了宗岱生平,并展示了宗岱的几乎全部作品或译作,这一集子反映的是"他人眼里的宗岱",即收集了别人对宗岱的印象或对其作品评论的文字。经多方面的搜求,我们拥有的材料比本集子所辑录的多得多。可以说,这里呈献给读者的,只是个选本。

既然是"选",根据的是什么原则呢?笼统来说,当然是以质取文。但我们在实际操作过程中,还拟了几条优先考虑的"道道儿":

一是名家之作。名人忆名人或论名人,哪怕是"一鳞半爪",因其名人效应之故,我们不想轻易割爱。何况名人作品,大体是写得好的居多。

二是较亲近的人的文字。当然,他们的文章未必是最好的。但由于他们都认识所写的对象,因而其文字一般都显出较高的真实性和更多的真切感。而且仅仅就文论文而言,宗岱的一些亲友的文字,也不见得就比某些名家差。

三是较缺的题材。例如,论述宗岱诗学观点的文章较多,而谈论他的翻译的则较少。而宗岱既是诗人也是翻译家,为力求全面起见,涉及后一方面的文章我们就得从宽收录。

然而,我们也有不拟收录的。例如,别人写的关于宗岱制药的文字。我们这里只收了宗岱自述的《我学制药的经过》一篇,我们认为,这已足够了,因为宗岱毕竟不是以医药家的身份留下他的名字的。

在《宗岱生平》一书中我们写了专章（第28章：《绿素酊的前前后后》）叙述此事，关心宗岱制药事业的人，无妨参看。

甘少苏的《宗岱和我》则因太长，我们收在《宗岱的世界·生平》一书中作为附录。《宗岱和我》原是个单行本，共134千字，如果全收进本集子，那就没有多少篇幅可收录其他人的作品了。

我们选定的文章，虽然大体认为是上乘之作，但并不表示编者毫无保留地赞同其中的内容，而只是意在向读者多提供一点研究或参照的材料。尤其是关于"梁宗岱生平资料"的部分，我们已发现一些不准确或细节失实的地方，这方面无妨请读者与本丛书中的《宗岱生平》一书对照阅读，以便"兼听则明"。

本书附录了一个《梁宗岱评论资料要目》，原则上只收含有评论文字的部分，至于纯粹的生平叙述，我和赵守仁教授已做了一个《关于宗岱生平的参考书目》，收罗较广，附于《宗岱生平》的书末，读者可以参看。但有时候，叙述与评论很难截然分清，因此这里收录的篇目只好容许小量的重复。总之，研究宗岱生平的书目，宜参考《宗岱生平》的附录，研究宗岱创作或翻译的书目，宜参考本书的《研究资料要目》。各有侧重，互为补充，这是编者的用意。

编选本的人，因时间和视野所限，不免常常有"遗珠"之叹。好在宗岱百年诞辰的学术纪念会即将召开，预计会后还会出版有关的集子。希望将来有机会再作"遗珠补拾"的工作。本书的不足之处，欢迎读者随时指出。

《梁宗岱传》后记

本书是我和辽宁师大赵守仁教授合作的产物。赵教授所在的单位,是梁宗岱的九弟宗巨生前工作的地方,赵教授与宗巨夫人陈善魂女士也是同事,因而多少能从他们那里知道宗岱生前的情况。赵教授负责前半部的写作,他是历史教授,善于搜集有关的史料,如果读过《宗岱和我》(甘少苏著)的读者便会发觉,这里所用的史料比该书要详尽得多。自宗岱至百色以后的章节由我执笔。分别写成后,两人交换校阅、修改,最后由我作前后文字上的若干统一工作并作了少许补充。我是建国后梁宗岱的第一届法语学生,毕业后留校任教,成了宗岱师的同事。从中山大学转至广州外国语学院我跟梁老师都同在一个教学单位,直至他去世那年;也就是说,自1957至1983年,彼此有历时26年的认识时间。我和赵教授合作的好处是,对于所写的对象,不仅掌握书面的材料,而且还有活生生的印象。当然,我们在写作过程中也参考了同时代人写的文字,尤其是参考了《宗岱和我》,但我们绝不盲从,对宗岱生平的事迹,不少都有我们自己的材料和看法。例如:

一、关于宗岱受诬坐牢一事,我们提供更详细的材料,而且指出,把此案件视为纯粹出于私人的报复,还不能说有充分的事实根据。

二、宗岱文革前后的言行,《宗岱和我》许多都未涉及。

三、宗岱作为教师的表现和教学主张,许多是从未见人提过的。

四、宗岱后期的创作和文学主张,也都是第一次提起。

五、我们花在沉樱女士方面的笔墨较多,而尤其是宗岱与沉樱晚年书信来往的细节，以及宗岱的婚姻和子女的关系，我们都本着客观的立场加以叙述。

本书还有两个附录：一个是《梁宗岱年谱简编》，这是前人尚未做过的。另一个是《梁宗岱生平参考书目》。附录后者的用意在于表明：

1. 本书借鉴了若干参考文献，我们对所列文献的作者表示诚挚的谢意。

2. 如果读者发现本书所写的内容与文献所述的不一致，那是本书对这些文献内容的一种修正或补充，在这方面我们不是完全照搬的。

3. 为读者全面了解梁宗岱的生平提供了可供"按图索骥"的参照资料。

可以说，我们这本《梁宗岱传》应该是迄今为止最完备的一本"宗岱传记"了。

写"传记"或"生平"之类的著作，离不开留存的图书档案材料。在这方面我们要感谢广东外语外贸大学档案室、图书馆同志们的协助，尤其是陈维嘉女士，她还帮忙订正和完善《梁宗岱年谱简编》。

我们还要感谢原在广东外语外贸大学办公室工作的陈思呈小姐，她在发函联系有关的人士方面做了不少功夫，而且还在我的口授下起草了本书的部分章节。

我们更要特别感谢梁宗岱的亲属，他们在提供情况、资料、照片等方面给予了切实的帮助，有的还帮忙看初稿并提出修改意见。这里谨以感激的心情着重提提下面几个名字：宗岱的长女梁思薇女士，宗岱的弟妇陈善魂夫人及其外甥女桂治馨女士，宗岱的十一弟梁宗标先生，宗岱的三妹梁佩琼女士。至于曾间接帮助过我们的亲属就不一一列举了。

此外，还应一提的有：孙广芬女士代表我访问了中科院院士冼鼎昌先生；苏姚、邓思明二位曾帮忙将文稿输入电脑。区赐初先生在调查有关情况方面给予了不少帮助。赵瑛女士特地给我传送她所收集的图照。郑慧琪小姐协助我做了图片处理工作。

最后，还得感谢我的妻子余秀梅，她校阅了全书，还帮忙选定插图。

上面虽然已经开列了一连串的名字，但可能还会有遗漏的。请已列上名字的或因疏忽而未列上的，都接受我们由衷的谢意！

如发现本书有错误或不足的地方，请读者随时给我们指出。

（《梁宗岱传》，黄建华、赵守仁著，广东人民出版社，2013年版）

《诗情画意》编后记

　　应鸣九兄之约,为我的老师梁宗岱先生编一本散文集,纳入《盗火者文丛》中。这个任务对我来说似乎并不特别繁难,因为在此之前(2003年),值纪念梁宗岱100周年诞辰的机会,我已主编了一套名为《宗岱的世界》的丛书,由广东人民出版社出版,共五本:《诗文》《译诗》《译文》《生平》《评说》,约计160万字。此次的散文集只需20万字,看来此数不难凑足。不过,按《文丛》的要求,每集都应由"摆渡佳评"、"入世漫评"、"感性视野"、"高堂文论"四部分的内容构成,要把宗岱师留下的文字分门别类地归进这四个栏目之下,而且要安排妥帖,这倒费一点斟酌的功夫;因为宗岱师的散文主要是诗论,写作之时与上述四个栏目的命意并不相干。好在宗岱师遗作的总量不大,给每篇都掂量一下所费的时间也不多,于是我就勉为其难,以一己的浅见,让各篇各得其所。由此可知,本集子受编选者眼光的局限,自是在所难免。

　　宗岱师的写作时间延绵大半个世纪,专名的使用,用旧译名或自译的居多,例如:梵乐希→瓦雷里(或瓦莱里),哥德→歌德,韩波→兰波,嚣俄→雨果,悲多汶→贝多芬,腊莘→拉辛,蒲鲁士→普鲁斯特,达文奇→达·芬奇,拉方丹→拉封登,维琪尔→维吉尔,古奴→古诺;《詹恩·克里士多夫》→《约翰·克利斯朵夫》,《可怜的人们》→《悲惨世界》,《孟纳里莎》→《蒙娜丽莎》,等等,等等。此外,作者所用的专名,前后也有不一致的地方。为了方便今天的读者,我在编辑时大都按今天的通译名作了改动,但个别有特色的或认为宗岱师偏爱的原译名则依旧保留,用字与今不同的有些仍未改动,以存一点历史的原貌。至于发现各原版本文字上的出入,则按编者的理解,加上注释。

新一代的年轻人,知道梁宗岱名字的,恐怕不会太多;而在建国前,他在文坛上却是闻名遐迩的。为了让青年读者了解他的生平,编选者特别撰写了《梁宗岱小传》。本来《宗岱的世界》丛书已有梁宗岱《生平》一卷,由黄建华和赵守仁合著,那可以说是迄今为止最完备的一本"宗岱传记"了;但其分量太大,无法照搬。要从其中提炼出两三千字的《小传》,而又不致成为干巴巴的年谱式的文字,还是费了点剪裁功夫的。

现在选编本和有关的文字已经付梓,优劣得失,就请读者和行家批评、赐教了。

2004年8月22日

(《诗情画意》,梁宗岱著,中央编译出版社,2010年版)

《梁宗岱早期著译》序

主编抬爱，凭即将付梓的《梁宗岱早期著译》约序，我们彼此是同学，黄、余二人又是梁老师在中山大学的第一届法语学生，同门同宗，岂有却迟之理！

我们一向认为，书的序言，应是导读之作，可是我们对宗岱师早期作品并无研究，甚至对其中的一些篇章，我们还感到相当陌生，实在说不出什么道道来，那只好谈点"题外"的感想了。

我们也曾辑编梁宗岱的著作，推出过《宗岱的世界》丛书（共五卷，分别为：《诗文》《译诗》《译文》《生平》《评说》）。当时黄建华在丛书的《总序》中写过这样的话：

"经过大力搜求的结果，我们敢于夸口：遗漏的东西不会太多，但编著者仍然不敢以《全集》或《全传》来命名，深恐仍有挂一漏万之虞。"

现在看起来，这话说得有点"大言不惭"了。其实遗漏的部分不少。在纪念梁宗岱110周年诞辰的前夕，曾经有人提议，重出《宗岱的世界》，补充佚文，订正疏误；后受制于某些客观原因而未果。

而今刘志侠、卢岚二位编出《梁宗岱早期著译》，正遂了我们的心愿。他们搜罗之广，挖掘之深，校订之仔细，诠释之精到，要我们来做，也会是望尘莫及的。尤为难得的是：他们还收集到有关宗岱师早年文学活动的文献，这都是花极大心血寻幽探旧的结果。目前文艺界、文化界关注梁宗岱的文学业绩的人日渐增多，就我们所知，以梁宗岱为研究对象的硕士论文、博士论文就有可观的数目。本书的问世，正好适应这方面的客观需要。我们的研究者自此便可轻而易举地接触到过去藏之深阁、可望而不可即的宝贵材料了。

如果说假以时日,宗岱师中学时期的作品我们还有可能收集得较为齐全的话,他旅欧期间留下的文字,那就非刘、卢二位不能完成这搜求工作了。他们身居法国,那仅是次要的客观原因;主要的因素是,他们对自己的业师,都怀着一份深厚的感情;因而不惜花费大量时间和精力,多方探究,而且乐此不疲。由于他们的辛勤劳动,一部翔实的《梁宗岱早期著译》终于摆在读者面前了。我们想,即便宗岱师还在世,他自己也未必能收集得如此齐备。倘若宗岱师九泉之下有灵,一定会感到莫大安慰的。作为主编的同窗,我们也得感谢他们二人艰辛、细致的劳作。凭借他们及其合作者的发掘,我们才能对早年的宗岱师有更深入的认识。

刘、卢二位不久前还出版了题为《青年梁宗岱》(华东师范大学出版社,2014)的专著,与本集可以说是构成了"双璧"。今后如果有谁要了解青少年时期的梁宗岱,就请和我们一道细读这两本书吧。它们都是以扎实的原始材料为基础的,其严谨程度远非社会上这方面的其他著述可比。就写这几句平白的话作为本著译集的小序,并借此向主编表示我们的诚挚祝贺之意!

2016年2月10日

(《梁宗岱早期著译》,梁宗岱著,刘志侠、卢岚主编,华东师范大学出版社,2016年版)

《芦笛风》序言

我有这样的习惯或"偏见":翻开一个诗人的集子,首先读读他的情诗,如果连爱情诗作都写得不怎么样,其余可观的大体就不多。真正的情爱,在诗人心中是应该激起翻江倒海的波澜的;处于热恋时候的诗作,如果还感动不了接触它的人,其他作品要想打动读者,那就很难了。

我曾经在自己的一首小诗中这样写道:

因情而做诗
　　纵使对诗艺无知
　　也总有几分诗意

为诗而造情
　　纵有娴熟的技巧
　　也只得诗的躯壳

宗岱师的《芦笛风》是"因情"而做的诗,这是毫无疑问的:只要翻阅一两首,你就会深深感到,一股铭心刻骨的真情,把你紧紧攫住。新诗人转而写旧体诗词的,新文学史上不乏其人,但写得真好的,实在不多。有些人写的旧体诗词,徒有诗词的形式,可以说,成了掩盖诗人感情贫乏、新意枯竭的"躯壳"。而我在宗岱师的《芦笛风》词集中却见不到这种毛病,虽然不能说字字珠玑,虽然从词律的严格角度而言或许能挑出某些不大符合传统的地方,但总的来说,无愧为文情并茂的佳作。《汉语大字典》的主要编者之一、熟谙古籍的汪耀楠教授读完此词集后得出这样的总印象:"情深意切,缠绵悱恻,可谓恋词佳构。"①我是完全同意他的看法的。

"恋词",也就是情诗。现代白话体的爱情诗集自五四以来出版了不少,但今人的诗词体的爱情诗集却不多。只有两位新诗人的作品吸引我的注意:一是作者汪静之的《蕙的风》和《六美缘》,全是七言诗;另一位就是宗岱师的《芦笛风》,全是词作。我不想硬拿这两位新诗人的旧体爱情诗词作对比,但就我个人的爱好而言,更欣赏后者。虽然两部作品都是性灵流露的至情之作,但《六美缘》写得过于直白浅露,给人一览无余的感觉。而《芦笛风》则委婉曲隐,令人读后回味无穷。今天写"恋词"的词人,我还找不出哪一位足可以与宗岱师媲美的。可惜的是,这样美妙动人的佳作,知道的人不多,能窥其全貌的人就更少了。

笔者还是宗岱师的学生的时候,就听说过《芦笛风》词集了。宗岱师在辅导课之余喜欢跟我们谈谈一些跟中外文人交往的情况。有时也提及他自己所写的一些作品。但《芦笛风》词集却极少谈及。就我个人的记忆所及,宗岱师"文革"前只向我们提过其中的"水调歌头(序曲)"一首,其余全都没有提起过。这也难怪,在极左风潮的氛围中,这种"资产阶级情调"的东西又怎能出示于人呢?直至"四人帮"垮台以后,我才从宗岱师那里得到了一册手抄本的《芦笛风》词集(字体并非出自宗岱师之手,但其中有宗岱师亲自改动过的笔迹);宗岱师去世

---

① 见汪耀楠教授2000年12月5日给笔者的来信。

之后,他的夫人甘少苏女士还把一卷蜡纸刻印本的《芦笛风》赠给我们夫妇俩,首页端端正正写了如下几个字:"黄建华、余秀梅同学存念。梁宗岱未亡人甘少苏敬上,1984.6.5"。后来我还从图书档案中把原版也复印下来。这样,细细比照品读才有了可能。

《芦笛风》于1943年由诗人自费在广西桂林的华胥社出版。原版是手写体的石印本,按竖读分行的格式印出,印数甚少(具体数字已无从查考),次年(1944年)在同一家出版社出了铅印本,此后就没有再版过。宗岱师许多著译,20世纪70年代以后都陆续再出了。《芦笛风》却是个例外,而今能让广大读者一睹其"真容",真是件大好事。

《芦笛风》虽然从未再版,但报刊上却不时见到有人为文介绍,其中不乏错讹之处(下文还要提及),现在趁再版的机会,还其本来面貌,或者起码给读者提供一个可以由自己作判断的依据,这未尝不是一件有益的工作。

《芦笛风》既然是恋情的作品,鉴赏的人很自然就提出这么个问题:这是在什么场合为谁而写或因谁而写的?稍知宗岱师生平的人都晓得:《芦笛风》是1941年春至1943年冬的作品,当时正是宗岱师与甘少苏从相识到热恋至结合的时间。甘少苏是其中许多首词的第一个读者。因此,许多人都认定:《芦笛风》是写给甘少苏的。就连甘少苏本人也这样认为。她自己就说:"《芦笛风》里收集的诗词,都是那两年里为我写的,后来由宗岱自费出版了。"[①]这种看法虽非毫无根据,但很不准确。

《芦笛风》由两部分组成,前面38首,借用宗岱师的话说,是"迫

[①] 见甘少苏著《宗岱和我》,1991年重庆出版社出版,第100页。

于强烈的切身的哀乐"①而作的；后面12首，是"和阳春六一词"，步冯延巳的"鹊踏枝"原韵，引用诗人的话，"是从一种比较超然的为创造而创造的态度出发"②来写的。宗岱师还说过："我底题材应该是极因袭的题材：楼头思妇底哀愁。"③由此可见，如果说前面部分与甘少苏密切相关，那么后面部分已经远远超出这个范围了。

即使是前面部分，也不能说每一首都是为甘少苏而写的，其实甘本人也意识到这一点。她写道："当他叙述了自己和白薇恋爱的经过后，我感到困惑不解：'你为什么丢下人家独自跑回国来呢？'他答道：'很想带她回来，可是，想到中国这么贫穷落后，怕委屈了她。'说着，就把刚写好的一首"菩萨蛮"念给我听：

'昨宵梦里重相值，依稀风月浑非昔。老了莫磋砣，齐声唤奈何！不甘时已老，依旧相欢好。一觉醒来时，遥遥隔海西。'……"④

显而易见，这一首"菩萨蛮"就不会是写给甘少苏的，因为甘就在眼前，不可能"遥遥隔海西"。不过话得说回来，宗岱和甘少苏这段交往时间，的确是他创作的一个高潮，因热恋而触发灵感，这恐怕是不争的事实。因此较为客观的判断应该是：《芦笛风》词集里的相当部分和甘少苏密切相关，但以此关系来涵盖词集里的全部作品，这样的解读法则未免有点太简单化了。

但社会上对《芦笛风》词还有另一种解读法：借宗岱生平的一些

---

① 见宗岱的《试论直觉与表现》（原载《复旦学报》第1期文史哲号，1944年10月重庆）。
② 同上。
③ 同上。
④ 见甘少苏著《宗岱和我》，1991年重庆出版社出版，第102页。

事件，凭自己的想象，把词集里的某几首作品硬套上去。用这种解读法释宗岱词的，最典型的莫过于梁俨然先生了①。这里从其文章中举一两个较突出的例子：

"……抗战结束后，陈瑛（陈锳、沉樱）随他的兄弟到台湾去了。他缅怀既往，一种留恋的心情，又表达在一阕鹊踏枝里。

'当日送君浮海去，强作朝颜，掩却心头暮。踽踽独寻明月路，无聊数尽江边树。　寂寞灯前犹自语：水誓山盟，此意绵绵否？愿作车前粘地絮，随君海角天涯处。'"

"鹊踏枝"明明标着"1943年春作"，当时抗战尚未结束，陈瑛自然也没有去台湾，宗岱师怎么可能有先见之明，为未来而写作的呢？其实诗人早已交待过"鹊踏枝"的写作缘起："我上面说过，我之写'鹊踏枝'，首先是由于这调子底节奏之敦促，起意要填一二十首；后来因读了冯正中词，又立心要步他底韵。"②至于其"题材应该是一个极因袭的题材：楼头思妇底哀愁"③，前面已经提及，更不必赘言了。

梁俨然先生的另一处解读就更加离谱了，请看：

"他在十年浩劫中，被冲击了十数次，受到打砸抢而致创伤，当伤病危重时，却得到甘的'精心看护，不至伤亡'。在病中，又写了一阕菩萨蛮：

---

① 见梁俨然：《读梁宗岱的芦笛风词》，载《广州日报》文苑版，1989年，10月24日。文中所引的宗岱词，多有误植之处。我转引时，已改正过来。
② 见宗岱的《试论直觉与表现》（原载《复旦学报》第1期文史哲号，1944年10月重庆）。
③ 同上。

'高楼昨夜西风雨,惊醒几许秋情绪:淅沥复凄清,雨声? 落叶声?　　怜卿多落魄,况此情萧索? 起立倚栏杆,念卿安不安?'"

　　上文已提到,《芦笛风》是1941年春至1943年冬的作品,这是词集的第2页已经标明的。怎么可以把其中的一首移置为"十年浩劫"期间的词作呢? 在引导广大读者认识一位诗人的作品的时候,我们总不能不顾起码的事实而凭空想象的啊!

　　其实这首词是宗岱师与甘少苏开始相恋时宗岱因甘而写的。那段时间宗岱师差不多天天晚上都去看甘演的戏,一天适逢刮风下雨,没有出席,后来就写成了这首词。甘少苏在其回忆录的手稿中,曾准确地指出:"那晚因下大雨,宗岱没有去看戏。"[①]我们把此词置于原来的背景来看待,不是会有更贴切的感受么?

　　梁俨然文章中这种移花接木的比附还有好几处,这里就不一一列举了。

　　这里提出了一个如何解读或欣赏宗岱诗词的问题。这里我想引宗岱师本人的话作为借鉴:

　　"文艺底欣赏和批评或许有两条路:

　　"一条——如果我可以现造一个名词——是走外线的。走这条路的批评对于一个作家之鉴赏、批判或研究,不从他底作品着眼而专注于他底种族、环境、和时代。"宗岱师还指出:"如果献身于这种工作的人能够出以极大的审慎和诚意,未尝不可以多少烛照那些古代作品一些暗昧的角落,尤其在训诂和旧籍校补方面,为初学的人开许多方便

[①] 这份手稿是《宗岱和我》的初稿,甘少苏送笔者夫妇时,在封面上写了如下的字样:"梁宗岱与甘少苏存底1984,5,13。　黄建华、余秀梅存念。　甘少苏敬赠,1984,11,16"。

之门。"①接着，宗岱师说："我自己却挑选另一条路，一条我可以称之为走内线的路。"他指出："……我们和伟大的文艺作品接触是用不着媒介的。真正的理解和欣赏只有直接叩作品之门，以期直达它底堂奥。不独作者底生平和时代可以不必深究，连文义底注释和批评，也要经过自己努力才去参考前人的成绩。"②

然而，"走外线"的，容易"沦为一种以科学方法自命的烦琐的考证"，以致"旁逸斜出，标新立异，或穿凿附会"。而"走内线"的，则"容易流于孤陋，流于偏颇，有时甚或流于一知半解"。但无论如何宗岱师更强调的是作品本身，因为"一件成功的文艺品第一个条件是能够自立和自足，就是说，能够离开一切外来的考虑如作者底时代身世和环境等在适当的读者心里引起相当的感应"。③

看来，我们欣赏《芦笛风》词，也得遵循宗岱师的主张。也就是说，尽可能避免"走外线"或"走内线"其中可能出现的偏颇；换言之，一方面我们尽量了解一首词出现的背景，但不穿凿附会；另一方面我们直叩作品，但也努力掌握作品产生的有关情况。对相关材料不甚了了时，我们的态度应该是：宁缺，宁存疑，绝不作想当然的比附，强作解人。如果我们能从作品中领略到神韵，获得美的享受，那便是收获，至于属词外的某一两点因当事人或熟悉者不在而无法获得最终证实的细节，实在是不必过分拘泥的。笔者就本着这种态度来介绍或诠释《芦笛风》词。

《芦笛风》词集问世后，虽曾获得过一些识者的赞赏，但受到冷遇的时候居多，尤其是在极左思潮泛滥期间，有人竟把《芦笛风》的留存

---

① 这段话引号内的文字均见宗岱的《屈原》（1941年夏华胥社出版）的《自序》。
② 同上。
③ 同上。

列为诗人的罪状。其理由是这样的：在抗战进行得如火如荼的时候，诗人偏居一隅，不思救亡，却掉进"温柔乡"里，还写出这种"靡靡之音"的词来，究竟要把青年引向什么地方去？

这种批判未免太粗暴而又简单化了。当然，我们赞赏像"大刀，向鬼子们的头上砍去"那样充满豪气的歌谣；但我们不能因而就全盘否定令人柔肠百转的佳作。我们更不能据此就作出诗人不关心国家民族的命运的结论。文艺作品是一种精神产品，而精神活动是十分微妙的。为了说明问题，这里我们无妨引用宗岱师关于写作"鹊踏枝"的话：

"可是说我底'鹊踏枝'之产生，完全出于技巧的考虑，节奏的煽动，也不符事实。因为这是精神活动底一个奇迹，在这些表面似乎纯是辞藻的游戏，以及对韵脚的挣扎竟融入了我（或许我与一般人共有的）生命中一个最恒定最幽隐的脉搏，一个我常常被逼去表现而迄未找到的恰当的形式的情感生活底基调……"①接下去，宗岱师以第八首的"鹊踏枝"为例，谈到了其产生过程的心灵活动：

"'……

惨绿残红堆两岸，满目离披，搔首观天汉。

瑟缩流莺谁与伴？

空巢可记年时满？'

"最后一行固然是园中的实景；这实景底苍凉和萧飒却因我当时一个较亲切的经验，而变成了一个义蕴丰富的象征。那时一位曾经在短期间与我平分哀乐的朋友和她几个孩子正准备远行，一切东西都搬走了，只剩下一所空洞的房子。想起走后的情景，自不能无感于中。

---

① 见宗岱的《试论直觉与表现》（原载《复旦学报》第1期文史哲号，1944年10月重庆）。

> 但我相信这词（并非为夸大它底价值）所抒写的，决不仅个人心中的哀怨。抗战以来我曾一次身历（北平和天津），两次几乎等于目击（巴黎和广州）我心爱的几座大城在一夜间沦陷于暴敌之手。这些事件都在心里镌下不可磨灭的印象。如果在极高度的想象的刹那，大自然底山川风云或光影都不过是我们灵魂底变幻流转底写照，——谁敢决定我那由骤然兴亡之感的义愤、怆痛和悲悯不无意中流入这首词底字里行间呢！"①

连从步原韵出发的"鹊踏枝"，也融会着作者对当时现实的深刻体验，《芦笛风》中的其他词，那就更不必说了。宗岱词没有纯粹的外界描写，而更多的是各种景象和情思的交融，也可以说，它所反映的是超越眼前实际的更高的真实。正因为它没有拘泥于当时的一事一物，今天读起来才觉得它仍然生气盎然。这种艺术高度是图解现实的作品所无法达到的。我想，我们应当从这个角度去认识《芦笛风》词作。

我们重新推出《芦笛风》词集的时候，做了如下的几项工作：

1. 写一篇交待性的序言（也就是本序言了）；

2. 对不同版本（石印版，油印本，以及经宗岱师亲笔改过的手抄本）中出现的少数异文作交待；

3. 对每一首词用语体文译意，并写简短的译后文字；

4. 附录"鹊踏枝"步韵的"阳春六一词"12首。

第1项因所定的篇幅以及笔者的水平所限，目前只能做到这个程度了。如发觉有不妥之处，希望读者多赐批评意见。第2、4二项比较来说是技术性工作，并不繁难，我们力求做得细心一点就是了。唯有

---

① 见宗岱的《试论直觉与表现》（原载《复旦学报》第1期文史哲号，1944年10月重庆）。

第3项，这是一件不容易做好的工作。首先，要用语体文翻译，词中的任何难点都不能回避。其次，要译得多少带点诗意，颇费斟酌。再次，旧诗词体有些地方语义可两解或多解，从而常常含有朦胧之美；译成现代语时，多半只能从一解，难免使美感有所损失。最后，译后感之类的文字，主观色彩较浓，未必能传达词作的本义。因此这第3项，笔者曾拟不做。但考虑到，本集子主要是献给从未见过《芦笛风》的新一代的年轻人的，作一些导读性的工作，也许对他们有点儿帮助，所以才勉力为之。笔者所写的，全都是一家之言，聊供参考，如果多少能够引起年轻朋友品读原词的兴趣，那我就喜出望外了。

过去很长一段时间，人们忌讳写爱情，谈爱情，而今却又走向另一个极端：声嘶力竭地大唱如何爱得死去活来，但却充斥着虚情假意。至于词语不通，生拼硬凑，则更比比皆是。这个时候，我们能让年轻人重温一下现代诗人留下的恋情佳作，对于提高他们的欣赏趣味，应该是有帮助的吧。

（《芦笛风》，梁宗岱著，黄建华译注，广东人民出版社，2001年版）

第二辑 译事的前言后语

《蒙田随笔》译者序言

二十多年前的事了,记得我还是大学生的时候,便见到宗岱师不时抱着一大摞手稿边吟哦边修改。他连下乡劳动都携带着这一大叠书纸。我好奇地询问,才知道那便是《蒙田试笔》的译稿。我们正期待这部蒙田全译本的问世,谁料刮来了"史无前例"的风暴,梁家被吹得七零八落,《试笔》的译稿也只剩下残页片片。后来宗岱师大概也曾整理过,现在留存的都属原书的第一卷,而且不是依次译下来的,也可以说是个选译本的手稿。不过,如果就这样出版,就会显得残缺不全,因为其中原书第二、第三卷的内容连半段也没有。编辑部约我再选译一些,以便辑成一本较能反映蒙田作品面貌的集子。我是带着战战兢兢的心情执笔的。宗岱师生前的译品数量不算多,却以其质量负有盛名。我虽身为弟子,而且曾与他共事多年,但生性驽钝,未得真传,续译起来难保不成"狗尾续貂"。再者,蒙田的散文集,卷帙浩繁,要作出恰当的选择,亦非易事。幸好我手头上不但有蒙田散文的全集,而且还拥有多种由法国文学史家所编订的蒙田选本,于是我手执全集,同时参照各选本,来个选中之选,三四万字也就这样勉为其难地译成了。

细心的读者不难发现,梁译与拙译两部分从文笔到处理方法都不完全统一。比方,梁译的专名多半自拟,但附有原文,可供读者查照,拙译的专名均依从目前的定译,并尽可能附加注释,方便读者了解其人其事。梁译部分选自第一卷,以译全章的居多,但间有删节,标题悉照原章的标题;拙译部分大都出自二、三卷,但也偶有取自第一卷中宗岱师未选译而我以为是重要的段落，标题原为法国的选家所加，每段基本有一个中心。现在我在两部分的每节译文之末都附上"1/4，2/6，3/9"等阿拉伯数字，表明该段出自何卷何章〔例如"1/4"即指选译自原书第一卷第四章〕，想寻根究底的读者便可以依此核对原文。

《蒙田试笔》是宗岱师原拟的译名。法文的书名是 *Essais*，这个词有"试验"、"尝试"、"试作"之意。随感式的散文冠以 *Essais* 的书名，蒙田是第一人。宗岱师以"试笔"译"*Essais*"一词可以说是恰到好处的。然而本选集没有采用"试笔"的译名，主要是考虑到"蒙田随笔"的译法已为目前大多数法国文学工作者所采用，本书取名《蒙田随笔》想必更符合一般读者的阅读习惯。

《蒙田随笔》内容驳杂纷繁，往往从一个主题跳到另一个主题，枝蔓丛生，章题也常常与本章的内容不大相干，仿佛是作者漫不经心信笔写就似的。法国文学史家编选蒙田随笔时，一般有两种处理方法：一是依照原书各卷各章的顺序，依次选出，于各段之首冠以小标题，提示每段的内容；二是打乱原书的次序，将内容上彼此稍有关系的段落编排在一起，分别加上概括每个部分的总标题，复于每段之首冠以小标题。本选译本是在梁译的基础上续译而成的。师长遗稿的安排次序，理应尊重。但考虑到第二、第三卷的章数较少〔第一卷共五十七章，好些篇章较短，第二、三卷加起来才五十章，其中第三卷只有十三章〕，如果依次选译全章，由于篇幅所限，势必无法反映蒙田的一些重要观念，因此拙译部分采取了选择其中重要段落，然后重新加以编排的办法。《随笔》的内容虽然庞杂，但概括起来无非涉及三个方面：①作者所感觉的自我；②他所体会的人类的生活方式和思想感情；③他所理解的当时的现实世界。我就按这三个方面由近及远地大致定了个先后次序，多少仿效法国选家的编排方式。这也是和梁译部分的不同之处。

写译序或译后记的人往往对原作者及其作品绍介一番。本来我也打算这样做的。到执笔的时候我放弃这种想法了。蒙田作为十六世纪后半叶的法国散文大家，他的名字在我国不算陌生，如果我仅用寥寥几笔去叙述他的生卒年月及生平大事，写了等于不写，因为《简明社会科学词典》《辞海》等书已有所说明，而《中国大百科全书》外国文学卷的介绍总会比我要写的详尽得多，读者径直去参考上述的工具书便可以了，我何必为此再花笔墨？但如果要展开阐述，一则篇幅不许，二则我自己缺乏研究，驾驭不了这个庞大的主题。我们知道，蒙田的散文，主要是哲学随笔，因此作者有"思想家"之誉。国内介绍蒙田的学者往往将"思想家"放于"散文家"之前。蒙田的随笔先后写了近十年，作者不断修订，思想也不断发展。加之他的行文飘忽无定，变化多采，要为作品内容理出个详尽的脉络，谈何容易。我只好请读者亲自去读译文，细细品味其中的丰富含义了。虽然这只是个选本，但我相信它还是能反映出蒙田作品的全貌来的。

写"前言"或"后记"的人也往往附上一句"由于水平不高，请读者批评指正"的谦辞。就我自己来说，功力不深，译笔平庸，这句话我是从心底里要说的。然而，本选集的前半部是宗岱师的译笔，他是我国有数的著名翻译家之一，我怎么能替他说"水平不高"之类的话呢？我还是不置一词，听任读者去判断吧。

1986年4月于广州

（《蒙田随笔》，〔法〕蒙田著，梁宗岱、黄建华译，湖南人民出版社，1987年版）

话说《克莱芙公主》

不久前由于一个偶然的机会,我借来一本法文版的《克莱芙公主》,意在消遣,花了两三个晚上全书读完,惊叹作品的现代性。我对这部小说的浓厚兴趣,促使我关心它的评价问题。我首先翻阅的是社科院外文所几位先生合著的《法国文学史》,该书对《克莱芙公主》下了这样的断语:(1)"对贵族和宫廷加以美化的作家可以拉法耶特夫人为例。""她写过一本传记和《1688—1689年法国宫廷回忆录》。她很早就写作小说,《克莱芙公主》是她的代表作。"(2)"小说美化了上层贵族腐化堕落的丑恶关系。女主人公克莱芙公主被写成'贞节'的化身。"(3)"小说作者企图以纤巧的形式,细致的心理刻画来掩盖内容的消极保守,然而这些都是徒劳的。"总之,按照新编《法国文学史》的说法,《克莱芙公主》似乎一无是处,应当予以全盘否定。可我读作品后的感受却不是这样的。

(一)

《克莱芙公主》是一本部头不大的小说,着笔于1672年,1678年成书,费时六年,刚问世便获得巨大的成功。据法国文学史家记述,1660年至1680年的20年期间,共出版了600多部小说,唯有《克莱芙公主》赢得了批评界的重视和后代读者的传诵。新编《法国文学史》却似乎并不重视法国社会对这部作品的"历史筛选"的现象,它认为作者"美化宫廷"，以此作为否定作品的理由之一。我对这种见解是不敢苟同的。17世纪的法国专制君主起着民族统一奠基者的作用，当时的宫廷成为文化的中心。纵观17世纪的古典主义作家，不论其人民性如何，没有哪一个能超脱宫廷文化的影响；也没有谁公开揭露宫廷，直接与宫廷对抗的。而《克莱芙公主》，尽管以宫廷为故事的背景，作者却并没有把宫廷粉饰为"德行楷模"的场所。相反，她把它视作是爱情角逐、私利争斗的小天地。这个地方对于纯真的少女构成极大的威胁。书中的那些关于"野心和玩弄爱情是这个宫廷的灵魂"的描述显然是不可以被解释为"美化宫廷"的。

　　法国文学史家论述这部作品的时候，的确间或提到"理想化"（也就是"美化"吧）一词，但那是从另外的意义上来说的。卡斯泰和絮雷尔合著的《法国文学读本》这样写道："尽管她按照路易十四宫廷的事例对瓦卢瓦宫廷的风尚有点加以理想化，但是她比起同时代写历史故事的作家更讲究真实性"。① 小说的作者把自己的故事背景向前移了一个世纪，她为此阅读了大量历史材料，引进了许多细节，在一定程度上重现了16世纪宫廷历史的真实，因而有人称《克莱芙公主》是一部"历史小说"。不过，小说的人物虽然穿了16世纪的衣装，却是按照17世纪贵族的方式去生活和谈情说爱的。宫廷的豪华场面的描述自然免不了借鉴当时路易十四的宫廷，然而，我认为关键之点在于：小说中华美的宫廷背景并没有用来衬托人物纯洁的心灵。只要细看一下《克莱芙公主》的人物便可知道。全书写了好几个家庭，几十个人物，没有哪一个家庭和睦美满，也几乎没有哪一个男子对自己的妻子忠贞不渝。只有一对男女还算幸福，那就是马蒂格夫人和主教代理官，但他们却

---

① P. Castex et P. Surer 的 *Manuel des études littéraires françaises* III，第100页。

是姘居的。小说中连君主的形象也毫无光彩，无论弗朗索瓦一世也好，亨利二世或亨利八世也好，他们在作品中都是没有灵魂的躯壳。他们在私生活方面也是一塌糊涂的。作者虽然着墨不多，但还是把这一点透露出来了。宫廷中充满了诡诈、怨恨、悲剧。这就是我们从作者笔下所看到的历史现实。然而作者对宫廷毕竟还是写了一些夸饰之词的："豪华排场和谈情说爱在法国没有比亨利二世统治的最后几年更为光彩夺目。""宫廷从来没有那么多美丽的女子和魁梧的男子。"这又如何解释呢？难道作者真的被宫廷的耀人光华遮住了眼睛么？不是的，"恰恰相反，写实主义，乃至讽刺，都以赞颂来平衡"。①当然，我们不会认为作者描写宫廷的华丽意在讽刺。但就客观效果来说，这种描写是无损于作品主题的。事实上，小说中的夏特尔夫人，当她谈到宫廷的时候，就这样告诫自己的女儿："如果你凭这个地方的表面来判断，你往往会上当，因为表露出来的东西几乎全不是真相。"其实，作者之所以取亨利二世宫廷为背景，无非是受到当时古典主义戏剧俗套的影响，即：描写庄严的感情要把故事放到历史的环境中去，而记叙习俗笑料则可以从当代的事件去取材。因此，无论"光彩夺目"的描写也罢，抑或"那么多美丽的女子和魁梧的男子"的叙述也罢，都不足以成为否定这部作品的根据。这里打一个也许不算十分恰当的比方，白居易《长恨歌》写了"汉皇重色思倾国"，"后宫佳丽三千人"，"金屋妆成娇侍夜"，"骊宫高处入青云"等，我们难道可以依据这些诗句，就说白居易美化宫廷，从而否定他的《长恨歌》吗？

---

① P. Castex et P. Surer 的 *Manuel des études littéraires françaises*，第24页。

（二）

　　新编《法国文学史》否定《克莱芙公主》的理由之二是小说"对贵族道德关系的粉饰和美化。"这大概是指对克莱芙公主、内穆尔公爵、克莱芙亲王等三个主要人物的刻画来说的。因为小说中对其他陪衬人物的描绘谈不上美化，已如上述。为了弄清这个问题，我们不妨先看看他们之间的爱情纠葛。

　　克莱芙亲王与夏特尔小姐（即克莱芙公主）在一间意大利人开的珠宝店中第一次会面。克莱芙亲王对夏特尔小姐的美貌惊叹不已，一见钟情，立刻猜度她是否已婚，并试图打听她的社会地位。夏特尔小姐其时才16岁，情窦未开。她见到克莱芙亲王只表露出羞怯和矜持的情绪。此后，在克莱芙的追求下，很快开始谈亲。但这时夏特尔小姐对亲王个人"并没有特殊的爱慕"，而夏特尔夫人"把女儿许配给克莱芙亲王，却一点儿不担心将女儿交给一个她不可能去爱的丈夫"。亲事成功了，夏特尔小姐过了门，换了姓氏，但她的感情却没有因而改变。丈夫的炽热爱情所得到的回报只是礼仪和敬重。

　　不久内穆尔闯进他们的生活中来了。他是个仪表出众的年轻公爵。克莱芙公主和他在宫廷舞会中第一次相会。他们两人的共舞赢得了全场的赞赏，彼此一见倾心，都暗自爱上了对方。从此男的在不逾越贵族礼仪的规矩的限度内千方百计去追求，女的欲与还拒，感情上起了反复的激烈斗争。最后女的为了自拔，毅然向丈夫透露自己内心的感情，请其协助摆脱宫廷的应酬，以避免和内穆尔相会。不料克莱芙公主的这一"坦白"没有取得预期的效果，却反而激起丈夫的强烈的妒意，随后又加上某些误会，丈夫对妻子绝望，不久郁闷而终。丈夫去世后，克莱芙公主仍然拒绝内穆尔的爱情，其原因是她认为内穆尔是其夫的间接杀害者，而且她不大相信内穆尔的爱情能够始终如一。于是她避居修道院，彻底离开尘俗的繁华，后来她活了一段不长的时间便死去。

这个爱情故事的情节并不复杂，但怎样去写才算不"粉饰和美化"贵族阶级的道德关系呢？像后来福楼拜写《包法利夫人》那样，把克莱芙公主写成一个欺骗丈夫、与人私通的妇人吗？抑或当故事发展到克莱芙亲王去世的时候，应当让这对有情人结合，最后来一个"美满姻缘"呢？我们还是从当时的历史环境出发来看看作者为什么这样写吧。我们知道，17世纪的悲剧作家几乎是没有一个人敢于去正面描写"罪过的爱情"的。作品里怀有这种"感情"的人物，总归要受到惩罚。拉辛的《费德尔》中的女主人公，身为后娘，爱上了丈夫的儿子，终至身败名裂，服毒自尽，那便是一例。拉法耶特夫人描写的正是一种"罪过的爱情"，她当然不可能使克莱芙公主与内穆尔公爵私通成功。而克莱芙亲王之死，也是由于这种"爱情"所造成的，如果丈夫死去，就让两人美满结合，这无异表明，"罪恶感情"取得胜利；那个时代的作家是不大会这么写的。然而，这是不是就等于"粉饰和美化"呢？我看不能这样理解。试设想：如果作者正面写一对贵族男女私通，"粉饰和美化"的程度岂不更大？又设想，如果作者写一对"有情人终成眷属"，岂不是可以被视作"粉饰和美化"当初的"不正当的爱情"？我认为简单地把这出爱情悲剧的主题理解为"美化"贵族的丑恶的道德关系是不妥当的，我们应当透过其表象去揭示这一悲剧的深刻含义。

小说中的三个主人公都不算是坏人。他们最后还是落的离散夭亡。虽然三人都维持了贵族表面的道德关系，但这种"道德"只是带给他们异常的不幸和痛苦。究竟是谁之过呢？是克莱芙亲王当初不该竭力追求夏特尔小姐吗？是没有体验过爱情的克莱芙公主不该婚后萌生爱念吗？是内穆尔公爵不应对克莱芙公主怀有非分的感情吗？似乎是这样，又不完全是这样。仿佛他们都有责任，自食苦果，但看来他们（尤其是克莱芙夫妇）又都十分无辜，很难说得上他们犯了什么罪过。归根结底，他们的悲剧是由当时的婚姻制度和社会风尚所造成的。

17世纪的法国和中国封建时代的情况类似，在婚姻方面讲究门当户对，父母之命。历史上不少贵族中的上层人物，为了"国是"，为了自身的利益，或纯然出于个人的好恶，而将自己的女儿许配给在年龄和性格上都毫不相称的人物。不消说，这种风尚造成许多悲剧。当时的女子常常很年轻便嫁人，郎布绮夫人结婚时才12岁，博沃夫人也不过14岁。显然，爱情在这种婚姻中是不占位置的。当时具有洞察力的作家已看出此种封建习俗的荒谬。拉法耶特夫人正是在这种背景下描写克莱芙夫妇和内穆尔的三角关系的。小说作者出于自己的阶级和时代的局限，没有也不可能去直接否定当时的婚姻制度和社会风尚。但是今天我们透过她的人物的遭遇不是很可以看出封建道德的杀人不见血吗？

小说鲜明地反映了法国贵族社会对男女的两种不同的道德准则，按照克莱芙公主的母亲对女儿的训诫，一个女子光有美貌和高贵的出身并不足以给自己带来荣耀，她还应该要做到：重视德行所构成的内在美；在婚姻中要保持这种美德；不管怎样，要爱自己的丈夫并接受他的爱；要警惕周围男子对这种美德的威胁。小说中的克莱芙公主正是严格的按照这种"规戒"而行动的。男子却可以不受这种道德标准的约束。他们讲究的是贵族的血统、勇武；生活上的排场、享乐；待人接物方面的豪放、慷慨；个人的相貌、仪表和对女性的吸引力；如果再加上一点聪明智慧，他们就可算是"完人"了。至于他们在爱情上是否忠诚，那不过是细微末节的事情，他们甚至以有外遇为荣呢！内穆尔公爵的"出众之处"就在于他的长相、风度、谈吐、衣装等赢得了几乎所有贵族妇女的爱慕。他认识克莱芙公主之前已有许多情人；他撇开了她们，一心去追求克莱芙公主。尽管克莱芙亲王是他的朋友，但为了博得其妻子的欢心，他可以不择手段，甚至利用他去接近克莱芙公主。他可以窃走画像，门外偷听，黑夜潜进他人的花园，这些都不算有失贵族的体统。女子是万万不能这样做的。对于女子，即便一时抵抗不住诱惑，也是奇耻大辱的事情。为了不陷进这种耻辱之中，克莱芙公主表现出惊人的自制力。她运用装病、自白、隐居等各种不寻常的手段去扼杀那"非分的爱情"。她终于成功了，可是换回来的不是像她母亲所说的"愉快"，而是孤寡、寂寞、凄凉乃至最后夭亡。她在宫廷中所见的尽是朝三暮四的男子，她无法信赖任何人，因此丈夫死后，她仍然坚决拒绝内穆尔的求爱。

　　她对内穆尔的爱并不抱任何幻想，于是决计离开那喧闹、浮华、充满虚情假意的宫廷世界。作者写到这里便骤然住笔了，她给人留下了无穷的回味，主人公巨澜翻卷似的情潮，余波不尽，令读者回肠荡气。作品的力量正在于写了克莱芙公主洁身自爱的"贞节"，主人公的遭遇激起不同时代、不同地域的读者深切的同情。我们从克莱芙公主身上看到的，与其说是"德行的楷模"，倒不如说是封建道德的受害者。顺便说一句，新编《法国文学史》引述了"她是'不可企及的德行的楷模'"一语。那是不确切的。它使人以为小说作者指的是女主人公不委身于其他男子而表现出来的"道德"、"品行"。其实，这句话较准确的译法是："她的一生……留下了不可企及的精神力量的榜样。"是的，为了不染于污泥，需要多少毅力和勇气啊！她受封建社会习俗的摆布，嫁给一个自己对他毫无感情的丈夫，而当情窦初开之时，却发现自己纯真爱情没有真正的附托,最后看破红尘,酿成了千古的爱情悲剧。我们为主人公的命运深感惋惜的同时,不免对当时的封建道德观念,对那个骨子冷漠表面虚华的宫廷社会充满了鄙夷之念。不,这绝不是"对贵族阶级道德关系的粉饰和美化",这是对这种关系的无声控诉啊!

(三)

谈到小说的艺术手段,《法国文学史》指出了"纤巧的形式,细致的心理刻画"两点,然而又说,"这些都是徒劳的"。"徒劳"的说法有点令人费解,是说作者艺术手法的运用上力不从心吗?抑或是指作品没有取得预期的艺术效果?然而,小说问世以来却博得如此强烈的社会反响,这又怎好说是"徒劳"了呢。历代的文评家对拉法耶特夫人及其作品多有盛赞之词,我想这是可以作为评价其艺术成就的借鉴的:

17世纪的古典主义理论家布瓦洛说:"拉法耶特夫人是法国最有才智、文笔最出色的女子。"

18世纪的伏尔泰说:"在拉法耶特夫人以前,人们只不过用浮夸的文笔描写令人不可置信的事物。"

19世纪的圣佩夫说,这是"令人最喜欢的小说中最早的一部。"

20世纪的文学史家安托万·亚当说:"作者不限于叙述故事,这在法国小说发展史上是第一次。"①

历代文人对小说的艺术成就的评论极多,大家判断的角度尽管不尽相同,但有一点几乎是一致的,那就是《克莱芙公主》开了心理分析小说的先河。有些文学史家干脆称《克莱芙公主》是法国文学上的"第

---

① 见 *La Princesse de Clèves*, Didier 版,第7页。

一部观察小说"，"第一部现代意义的小说"。的确，在《克莱芙公主》之前，贵族沙龙文学已创造了不少"风雅"之作。可是，这些小说不是以奇特的情节见长，就是以驳杂的艳丽故事取胜，感情多半矫揉造作，笔调大多渲染夸饰，行文往往冗长拖沓。拉法耶特夫人第一个以独到的观察力，运用精练的文笔，刻画一个贵族妇女的内心世界。她打破了心理分析只作为故事情节的陪衬或注脚的老规例。在《克莱芙公主》中，情节的发展是与心理状态的分析紧密揉合在一起的。

　　作者在小说中叙述一连串的生活事件，表现这些事件引起人物的感情流露或冲动，刻画人物对自己感情的认识和分析，描写人物据此而采取的行动。简言之，事件→感情→分析→行动，合起来成了故事螺旋式往前发展的一个螺圈。且举一个文学史家喜欢引述的细节为例。在小说的第二部分，内穆尔趁别人不注意的时候，动手窃走克莱芙公主的肖像，却被克莱芙公主偶然瞥见（事件），克莱芙公主顿时心慌意乱，连正在与别人谈话也顾不上，定神地盯着内穆尔所在的方向（感情）。她内心掀起了激烈的斗争：公开问内穆尔要回自己的肖像吧，这无异于让大家都知道内穆尔对自己的感情；私下问他要吧，这等于给他机会向自己表白爱情（分析）；最后她终于决定不言语，装出若无其事的样子（行动）。就这样，小说通过一系列细节的描述，逐步将人物的心理活动推向高潮，主人公一进一退，一起一伏的感情波澜紧扣读者的心弦，令人感叹不已。在古典主义小说中，就心理分析方面的艺术成就而言，可以说是无出其右。此外，它和风雅小说相比，行文紧凑得多，风格也相当凝练，作者笔下虽无绚烂的色彩，但却带有令人咀嚼的韵味。难怪法国文学史家卡斯泰和絮雷尔说："拉法耶特夫人，以她的《克莱芙公主》提供了古典主义风格的一个最纯粹的典范"。后来的法国小说，包括近代的法国小说不少受到《克莱芙公主》的影响，这是许多文学史家所公认的。我们固然不必亦步亦趋法国人所作的评价，也给小说的艺术成就说过多的溢美之词。但对此不给予正面的肯定，那是不公允的。

　　至于说，"以纤巧的形式，细致的心理刻画来掩盖内容的消极保守"，这样的话几乎成了否定一部作品的俗套，表面上在理，但稍微推敲一下，就会发现它似通而实不通。繁琐、驳杂、花哨的形势和描画可以掩盖真正的内容，但"纤巧的形式和细致的心理刻画"如何去"掩盖"呢？刻画得愈"细致"不是愈容易将"消极保守"的"内容"显露出来吗？科学的文学批评应该讲究准确的字眼。①

（四）

　　上面我对《克莱芙公主》的思想内容和艺术形式都给予了充分的肯定，是不是等于说这部作品已经达到完美的境地呢？不是的，历代的文评家已经指出过它一些不足的地方，我认为小说的根本缺点是没有完全摆脱沙龙文学的影响，其中有些地方还带有浓厚的宫廷趣味。我参考《法国文学读本》以及其他文学史家的著述，试把这些缺点大致归纳如下：

　　1)《克莱芙公主》所反映的天地十分狭窄，只在宫廷的世界里兜圈子，书中虽然写了几十个人物，但是始于王侯，止于贵族，而且人物都被置于豪华阔绰、光彩夺目的环境中，人物的谈吐举止也离不开宫廷的典雅趣味。因此我们今天读来，不免觉得书中好些地方有矫饰的痕迹。

---

① 见 Antoine Adam 著的 *Histoire de la Littérature Française au XVIIe siècle*，第193页。

2）小说接触到贵族社会荒淫、放荡、虚假、欺诈等的弊病，但作者描述这些恶习的时候，显得太"心平气和"了。她囿于"温柔敦厚"的宫廷风气，并没有像莫里哀那样，对贵族社会的丑恶现象进行愤怒的谴责。

3）小说在细节的安排上也未完全摆脱风雅小说的窠臼，即如上面所举的偷肖像一节，虽然作者在刻画人物心理方面取得了重大的成就，但这个细节本身却是当时流行的小说所常见的。此外，克莱芙公主向丈夫表白的时候，内穆尔①却刚好潜进花园，因而得以在场偷听，这种安排也未免过于"凑巧"，令人产生不真实的感觉。许多文评家都指出过这一点。

4）《克莱芙公主》尽管较之当时的贵族沙龙小说简洁、紧凑得多，但仍然带有风雅小说那种"枝蔓丛生"的毛病。小说的主要故事并不复杂，可是行文中却插进不少与故事发展关系不大的情节，如宫廷的嫁娶典礼、王公贵族的恋爱逸闻等。这种写法虽然符合当时的习惯，但多少会冲淡读者的兴味（当然也有人认为，这能起到令读者产生悬念的作用）。再者，语言方面也受到风雅小说的影响，例如，爱用最高级的形容词等。

以上四点，就是小说的主要"糟粕"吧。那是我们要予以扬弃的。但就全书来看，瑕不掩瑜，它在法国小说史上的地位不可轻易地加以抹掉。

---

① 顺带指出，新编《法国文学史》谈到内穆尔的时候，引用了"最强烈的、最自然的、最巩固的"三个形容语，其中"最巩固的"说法也是不准确的。原文是"la mieux fondée"，意为"最合法的"，"最有根据的。"其时克莱芙公主已失去丈夫，而内穆尔尚未娶妻，内穆尔的追求并不逾越道德规范，故有此语。在此之前，小说中的女主人公已反复表示不相信内穆尔在婚后能恒久保持爱情，这里怎么会突然来一个"最巩固的"形容语呢？显然，这是由于误译或引用时疏于核对所致。

今天法国的普通读者，已经没有多少人去读本国17世纪的小说了，但对《克莱芙公主》却是个例外。它不但仍然是畅销书，而且还被搬上舞台、拍成电影，译成各种文字，它对读者的吸引力依旧有增无已。据法文版的《什么》百科年鉴统计，至1981年，《克莱芙公主》的普及本销售77万册，其畅销程度超过17世纪古典主义作家的任何一部作品，包括莫里哀的戏剧在内。我想，小说既然拥有如此广泛的读者，而且历久不衰，我们对它评价的时候，总得考虑这种现象的吧。《克莱芙公主》的汉语译本，我还未见到，希望早日有人去做这件翻译工作，以飨中国的读者。

附记：此文在1983年第二期的《外国文学研究》发表后迄未见到再提出质疑或商榷的文章。

《克莱芙公主》（应译为《克莱芙王妃》），后来由本人偕同余秀梅应约将全书译出，已由广东人民出版社（1986）与人民文学出版社（1994）先后出版。

（《克莱芙王妃》，〔法〕拉法耶特夫人著，黄建华、余秀梅译，华东师范大学出版社再出）

心理分析小说的奇葩
——《阿道尔夫》译本序

天源同志嘱我校阅译稿并为译本写序，我想这不是因为我对法国文学有什么专长，而是他有意让我分享一下他的可喜成果，也可以说是沾一份光吧。他为此专门来信提醒我："序言"千万别落俗套，即沿袭一"生平"、二"梗概"、三"评价"那样的写法。可见他已成竹在胸，这"序言"他自己就能够写好的。

他说不要按上述的"一、二、三"的办法去写，是有道理的。因为我国已出版了《法国文学史》（中册），书中用了近二十页的篇幅介绍贡斯当（Henri Behjamin Constant de Rebecque）的生平、著作、《阿道尔夫》的故事梗概、作品评价等等，相当详尽，而著者的观点，大体上我是赞同的。那么，请读者参阅该书的这一章节就行了，我又何必多此一"序"？既然要"序"，那还得有几句自己的话要说一说的。

（一）

《中国大百科全书》的外国文学卷说，"《阿道尔夫》被认为是现代心理分析小说的发端"。是否"发端"，似可再探，因为《阿道尔夫》于1816年问世，而在法国文学史上还有另一部被誉为开心理分析小说先河的《克莱芙王妃》早已于1678年成书，但《阿道尔夫》是心理分析小说园地中一株经得住时间考验的奇葩，那是毫无疑问的。1935年去世的法兰西学院院士布尔热在他的《心理学随笔》中断言："在十九世纪初的各种著作中,《阿道尔夫》这部小说仍然是最逼真、最动人和最富于现实性的。"贡斯当作为政治家和作家,正生长在法国社会的大动荡年代（1767年生于瑞士洛桑,1830年死于巴黎）,曾积极参加了当时的政治活动。他在政坛上的摇摆、升沉,在议会上的进出、讲演,使他成为名噪一时的人物。他的著述甚丰,涉及政治、宗教、文学批评等多方面。这是作者的毕生着力之点。至于《阿道尔夫》、《赛希尔》（1951年才被发现整理出版）等自传体心理小说,贡斯当本人是不大将其放在心上的。然而今天法国的普通读者却几乎把贡斯当其他著述都遗忘了。现在,除了研究家,有谁去读他的《政治原则》、《论征服精神与篡夺》等类著作呢！但《阿道尔夫》却仍然留在广大读者的心中,可以毫不夸张地说,贡斯当在法国文学史上的地位是全靠《阿道尔夫》奠定的。

《阿道尔夫》的影响早已越出法国本土的范围。连俄国诗人普希金也曾为这本薄薄的小说倾倒。据记载,诗人兼评论家维亚捷姆斯基（1792—1878）亲自将《阿道尔夫》译成俄文,并给普希金赠书,书页的题词是这样写的：

"请收下我译的这本我们所喜爱的小说……我和你经常谈到这部作品的优点……"。

（二）

"在一本只有两个人物,而且情景单一的小说里,也可能别具一

番情趣。"(《第三版作者前言》)

　　一个青年男子，爱上一个女子，后来要离弃她，而女子却痴心一片，终于殉情而死。这样的题材并不新颖，情节也毫不曲折离奇，然而读者开卷不久，就被深深吸引住，不能放下。原来小说的魅力在于它向读者袒露了人物的多变、复杂、矛盾的内心世界。作者曾在自己的日记中写道："在我身上存在两个人，其中一个是另一个的观察者……。"小说中的主人公阿道尔夫正是一身兼了"两个人"的：一方面，他爱在社交圈子里厮混，游手好闲，不务正业，充分表现出资产阶级纨绔子弟的特征，另一方面，他内心时有强烈的追求，而且才智过人，曾渴望成就一番伟大的事业；一方面他逢场作戏，带着征服动机向爱蕾诺尔求爱，似乎是个以玩弄女性为能事的男子，但另一方面，一旦和对方建立关系以后，却不顾家庭阻挠，甘受舆论谴责，坚持和对方生活在一起；一方面他易于冲动，不计较功利，热情似火，另一方面却又以惊人的冷静不断分析、内省。如果说他的行动事前不经盘算的话，事后他几乎总要思索分析一番的。他的思索过程又进一步显示其复杂的心理和矛盾的性格。而尤为难得的是，不管主人公内心的波澜如何起伏、回旋，读者阅后谁也不会产生这是作者故意安排的感觉；相反，一切都令人觉得真实可信，因为贡斯当是以自己切身的感情经历为基础去构思这部小说的。文学史家几乎一致认为，作者和女作家斯达尔夫人时断时续的不平常的恋爱关系，在《阿道尔夫》一书中留下了不可磨灭的痕迹。不少人甚至断定，《阿道尔夫》就是根据这种关系去写的。在这本书里，"环境无足轻重，性格才至关重要"(《复信》)。的确，《阿道尔夫》不以景物或外表的细致描述见长，而以内在性格的客观刻画取胜。在这一意义上来说，有的批评家还认为，这是一部现实主义小说，而且比斯丹达尔的作品还高出一筹。这种评价是否恰当，我们且不下结论，但作品艺术上的真实性却是无可怀疑的。作者在《第三版前言》中写道："起码令我相信，这本书在真实性方面还有某些长处的，我所遇见的几乎所有读者，都异口同声对我谈到自己仿佛曾身临书中主人公的处境。"难怪连心理学家也爱引用本书主人公的心理活动作为论述的佐证了。

（三）

形象地揭示人物的内心隐秘，达到前所未至的深度，这种不寻常的艺术功力，固然是给作品带来生命力的因素，但是《阿道尔夫》成为不朽之作看来还有另外的原因，那便是主人公的内心感受，它既是个性化的，但同时也带有共性；它反映了十九世纪初期在西方流行的所谓"世纪病"。关于"世纪病"，我还不晓得有谁下过完整的定义。我所知道的，大体上是青年一代的无可名状的苦闷，颓唐、厌世的心理状态。这是资产阶级革命以后，青年人感到极大的失望，精神上产生了难以填补的空虚所引起的。请听阿道尔夫怎样说吧："我年纪轻轻便受到死的念头的冲击。这个念头使得我对待一切事情的冷漠态度更加牢固。我从来不理解人家为什么那么轻松地过日子，而丝毫不想到死亡。"接着，他又说道："……我产生了命运无常之感，脑子里充斥着朦胧的幻觉，甩也甩不开。读诗的时候我喜欢读那些人生如梦的篇章。我觉得没有任何目标值得努力争取实现。"他对爱蕾诺尔的追求，在很大程度上既是为了遣闷，也是为了"使自尊心得到满足"。然而，他所寻求的刺激却未能稍稍充实他空虚的心灵。不久他便感到极度的厌倦，忘记了自己的信誓旦旦，一心谋求解脱。他之所以迟迟没有离开爱蕾诺尔，完全是因为还有一片怜悯之心，也就是良心未泯吧。爱蕾诺尔死后，他所感受的痛苦与其说是因为失去情人，倒不如说是由于对整个生活的失望。作者要通过阿道尔夫"描写我们时代的一种主要的精神病态"。这个病态的形象，作者成功地创造出来了。因此，有的文学史家说："《阿道尔夫》是一个时代的镜子。"

"世纪病"，在《阿道尔夫》之前早已有作家写过了，但多从人物的环境、经历去着笔，而贡斯当却通过剖析主人公的内心世界去揭示"世纪病"的病征，这是《阿道尔夫》的独到之处。也许正是这一点，才使《阿道尔夫》在同时代反映"世纪病"的诸多作品中放出自己的异彩。

（四）

作品中纯真的爱情，往往跨越时代，超出地域，直达广大读者的心中；法国人会为林黛玉忿忿不平，中国人也能为"茶花女"唏嘘叹息。爱情悲剧的主角常赢得读者的一掬同情之泪。爱蕾诺尔就是这么一个热情如火、不计任何功利、爱得异常执着的女性典型。她当初爱上P伯爵，正是P伯爵处于逆境的时期。她拒绝其他人的求爱，不考虑个人的前途，一心帮助他渡过难关。她爱上阿道尔夫之后，更是不顾周围的非议，无视家庭、财产、地位，甚至不惜抛弃孩子也要和阿道尔夫在一起。按平常人的眼光来看，这似乎是一个轻佻女子的行为。但细心考察一下，这其实是追求爱情幸福的勇敢之举。爱蕾诺尔曾向P伯爵倾注了全部的热情，而且为他作出了重大的牺牲，却没有换得P伯爵的真正爱情。她虽然给P伯爵生了两个孩子，但仍然没有成为P伯爵的正式妻室。P伯爵"本来可以和她结成更体面的关系，但他并没有对她提起这件事，也许他根本就没有想过这件事"。"在与P伯爵的关系中，她总是处于难堪的从属地位,她的心受了损伤"。她压抑着自己的本性,尽量让自己适应P伯爵圈子中的一切,努力向上流社会的生活方式靠拢。她甚至比其他妇女还要严谨得多,并且还以此为乐。就这样,本来一切都过得十分平和、安静,谁料这时候阿道尔夫却闯进她的生活圈子里来。这个青年人卓尔不群,异乎流俗,把她作为"征服的对象"热烈地向她追求。她经过短暂的抗拒之后,终于把内心的闸门打开,奔腾的热情冲出了牢笼,一泻而不可止。这时她的生命只有一个目的:要博得真正的无私的爱,她不能忍受在爱情的浓酒中掺进半点儿水分。可是她碰到的是一个只有一团虚火而毫无持久热情的人,她为他牺牲了一切,换来的只是悲痛、忧伤,最后只好殉情而死,于是人间又留下一出感人的爱情悲剧。过去这类的悲剧多着眼于写外部的因素,或父母的阻挠,或环境的所迫,而爱蕾诺尔悲剧却多从心理变化和性格冲突着墨。这也是《阿道尔夫》与众不同的地方。当然,心理因素的背后还是有更深刻的社会原因的。

(五)

出现爱蕾诺尔悲剧的社会背景变换了,那个时代也离我们很远。然而优秀的作品,不管时代相隔多久,地域如何殊异,读后总能给人以一点启迪的。记不起我们哪一位老作家说过:恋爱是人格的交感共鸣,所以恋爱的真纯程度是以人格的高下为准的。爱蕾诺尔的不幸在于:真遇俗(P伯爵的)、实遇虚(阿道尔夫的),只有一方的"真纯",遂致酿成尖锐的冲突。

"在爱情的镜子下,

谁能把自己的灵魂遮掩?"

这是我国诗人魏钢焰的诗句。确实,拿这爱情的镜子一照,也就可以看出阿道尔夫飘忽、虚浮、轻率、冷漠、软弱的灵魂。和他相比,爱蕾诺尔的心灵要高尚得多。

不过,无论如何"真纯"的爱情,总不能存在于真空里。我想起鲁迅《伤逝》中的故事,涓生与子君的分开,要说直接原因当然是后来的性格、志向的殊异,如果子君仍如从前那样坚强、勇敢,他们又何至于非要分手不可?然而我们却不能否认社会浓重的黑暗对他们的压力,他们两人正是在封建势力压迫的罗网下诀别的。爱蕾诺尔的悲剧也有类似之处,归根结底也可以说是由当时的社会环境造成的。阿道尔夫父亲对儿子的软硬兼施,T男爵对他的拉拢和暗中捣鬼,周围人的攻击和敌意,无时无刻不对阿道尔夫产生影响。爱蕾诺尔所追求的那种超然物外的爱情,如何能在这种环境中存在下去?"爱蕾诺尔的不幸证明,即使是最炽热的感情,也无法与现实事物的秩序抗衡"。(《作者致出版商的信》)再说,无所附丽的爱情,犹如花之缺乏养分,一旦到手,便开始衰萎,何况当初阿道尔夫的追求就带着满足虚荣心的欲望呢!

今天,在我们的社会里,造成爱情悲剧的总体环境是不存在了,但局部环境却并未完全消失,爱情悲剧还时有所闻。且不说那些受满脑子封建思想的父母干预或被名缰利锁所纠缠的爱情,即便是自由结合的恋人中,也不时会演出这种悲剧的,逢场作戏,境过情迁,色衰爱弛,恐怕是其中的主要原因吧。当阿道尔夫追求得手之后是何等的狂热啊!

"爱蕾诺尔委身后,我对她的爱慕和尊敬千百倍地激增。我在男人中间走起路来抬头挺胸,傲气十足,对他们投以支配者的目光。光是我呼吸的空气便是一种享受之物。我面向苍天,感谢它赐予我的出乎意料的无限恩惠。"

"爱情的魅力啊,谁能将你描绘?你是一种信念,令人坚信已经找到天赐的人儿;你是突如其来的光辉,照亮人生,似乎明示人生的奥秘……"

可是,后来他却把爱蕾诺尔的爱情视为不可忍受的桎梏,前后判若两人。阿道尔夫自己只好承认:"我对她是寡情薄义的。"作者在《致出版商的信》中似乎对阿道尔夫的一生下了断语:"他留下的足迹只是他的过失的记录"。

我相信《阿道尔夫》这个译本是会吸引许多读者,尤其是吸引青年人读下去的,希望年轻人掩卷的时候,也来思考一下爱情这个令人神往而又十分严肃的人生课题。

(《阿道尔夫》,贡斯当著,黄天源译,黄建华校,漓江出版社,1985年初版,2019年改版再出)

两兄弟与三女性
——《爱海沉帆三女性》译序

编辑同志约我为龚古尔作品译本写个序言,我乐意地应诺下来了。倒不是我认为承担这一任务游刃有余,而是因为本书的译者大都是我的朋友或熟人,我想,这也可以作为加强我们联系的纽带。

写序言,我总感到是件难事:生平简介一类的文字只要查查百科性的工具书便可找到,实在不值得序者饶舌。故事梗概那样的内容,读者阅后便见分晓,何必写几句干巴巴的情节简述,去败坏阅读原书的兴趣呢?要是名人作序,往往挥洒自如,可以海阔天空,信笔成篇。然而我是个无名小辈,呆滞拘谨,未敢稍稍偏离主题。如果是学者写序,则常常旁征博引,条分缕析,虽称序言,实为专论。可惜本人不是个研究家,对龚古尔兄弟更从未认真下过功夫,自然无法写出洋洋洒洒的学术论文。于是,我这则序言,就注定只能随感式地写上几句。

(一)

兄弟如一人,文学史家称之为"双脑袋"作家,连《日记》也两人一道合写,后世人分不出哪一部分是属于兄长爱德蒙(亦译埃德蒙,1822—1896)的,哪一部分是属于弟弟于勒(又译茹尔,1830—1870)的,这种奇妙的合作不但在法国文学史上独一无二,恐怕在世界文学史上也是罕见的吧。而尤其令人惊奇的是:从性格、气质来说,兄弟俩却不是同一类型的人。爱德蒙性情沉静，话语不多，喜欢思考，精神能专注，有时近于忧郁。于勒却不一样，性格开朗，热情如火，倾向于表露自己的感情。然而，两人却互相补足，相反相成。写作时，爱德蒙擅长构思，为每一部作品订出详细的提纲，于勒则善于锤炼文字，讲求篇章风格，把自己的热情冷然地熔铸在每一句子之中。现实主义的共同追求紧紧地将两人连结在一起。性格有差异，而创作观念却是相同的。爱德蒙写道：

"我和弟弟的小说首先是力求除去一般小说中的奇遇惊险。"（《日记》，1895年7月7日）

爱德蒙写这话的时候，于勒离开人间已经十五年了。本集子选译了他们的三部作品。《日尔米尼·拉赛德》成书于1865年，是兄弟俩合作的产物；《妓女爱莉莎》、《拉福斯丹》分别于1877年、1882年问世，都由爱德蒙一人执笔，其时于勒早已辞世。然而三部小说，却像同一模子铸就似的：主人公全是出身于下等阶层的女性；情节上并不见曲折离奇；心态和环境的描写异常细腻乃至近于雕琢；风格上没有过多的感情渲染；故事结尾都以悲剧而告终；甚至句式、笔调都多少相似（当然，本选集由多人翻译，我们不大能从译文中看出这一点。）……实际上，后来爱德蒙是以沿着与弟弟共同开辟的道路走下去为己任的。例如，《妓女爱莉莎》构思先于《日尔米尼·拉赛德》。兄弟两人曾为此一道察访娼妓活动的场所，还一起走访监狱、收集素材。只因于勒早逝，爱德蒙痛不欲生，才搁了下来。爱德蒙后来重新提笔，自然不会脱离原来的构思轨道。据说，于勒生前有时还喜欢说我怎样怎样，而爱德蒙却总是说我俩如何如何的。因此，《妓女爱莉莎》和《拉福斯丹》

虽则是单署名，读者也可以视之为"我俩"（兄弟俩）的作品。不过，于勒死后，爱德蒙就只能像个瘸子或醉汉那样蹒跚而行了。

（二）

龚古尔兄弟留下了卷帙浩繁的《日记》，而且他们又是喜欢为书作序的人。这给后人了解其创作动机、美学主张带来极大的方便。本集内有两部小说的前面附了作者的自序。每一篇自序都相当于一篇文学宣言书，值得读者仔细研究。而本书的三部作品又反过来印证两位大师卓越的现实主义文学见解。

兄弟俩主张描写"现在"，不作幽古之思，不尚未来空想。"历史家是过去的叙述者，小说家是现在的叙述者"。（《日记》，1864年10月24日）本集的三篇小说，无一例外都取材于当代的事件，力求成为"一部当今社会的伦理史。"

兄弟俩要以真人真事为小说的题材。"我认为浪漫主义的一切骗人的老调头已经结束……我认为，真实，活生生、赤裸裸的真实才是艺术。"（《文人》，1860年）这里的三个中篇都是以真实的故事为依据的。《日尔米尼·拉赛德》的女主人公甚至以他们自己的女仆为原型。关于这点，许多文学史家已经提及，无需多说。

兄弟俩主张深入调查研究，详尽占有材料。"我俩的文学道路相当奇特。我们是从研究历史过渡到写小说的。这不大遵循常规。然而我们这样做却又是非常符合逻辑的。写历史根据什么呢？根据文献资料。而小说的文献资料，则是生活。"（《日记》，1860年5月）"今天的小说是用口头的或从实际中收集的资料写成的，正如历史是用书面的文献资料写成一样。"（《日记》，1864年10月24日）兄弟俩细观察，勤记录,务求材料准确。为了写作《妓女爱莉莎》,两人竟不惜花大量时间深入监狱考察。

兄弟俩相信人物和环境的相应关系。借他俩的话说,就是"住户与其外壳"是密切相关的。《日尔米尼·拉赛德》写的是仆人的天地。《妓女爱莉莎》描述的是妓女与囚犯的世界。《拉福斯丹》呈现的是演员的活动舞台。所有这些作品的主人公都是在环境中活动、受其环境左右的。她们不是游离于环境之外的受作家操纵的提线木偶。可以说,每一部作品都是法国十九世纪末社会生活的一个小单元。

兄弟俩出身于贵族家庭,但没有对"下等阶层"视而不见。相反,却十分关注,着力描绘。《日尔米尼·拉赛德》的序言说得再明白不过:

"生活在十九世纪这样一个普选、民主、自由的时代里,我们曾经暗自思忖:被称为'下等阶层'的人是不是无权进入小说?作为人下人的平民是不是要永远被拒之于文学大门之外?……"本书第一篇小说的拉赛德是个"举止不端"的女佣;第二篇的爱莉莎是个低等娼妓,后来竟至沦为终生囚徒;第三篇的拉福斯丹,虽则一度成为走红的演员,但出身寒微,爱情和事业均遭受极大的挫折。

这里顺带提一下,兄弟俩的创作还有一个突出之点,那就是对"病理解剖"的偏好。"我俩的小说家的才能特点,还没有谁指出过。我们的才能是奇怪的混合物,几乎是独一无二的,它使我们同时成为病理学家和诗人。"(《日记》,1869年2月16日)的确,就凭本集的三篇小说也可以清楚地看出这一点。三位女主人公都不同程度地患上神经官能症。拉赛德后来是癔病患者,她在书中的言行举止,可以视为作者对癔病病例的分析。爱莉莎在监狱中成了疯女,她是一步步地被迫害成精神病患者的。拉福斯丹的状况虽然不致像前面两人那么严重,但也不是一个神志十分健全的人。她往往喜怒失常,不能自制。无怪爱德蒙自己也认为："我们所有的作品都是建筑在神经官能病上的。"

（三）

为几篇作品写一个总序，如果要作详细交代，最好是依次评介。可我却宁愿就读后印象最深的地方合起来谈。因为自知无甚高论，不愿以冗长的文字浪费读者的时间。

三位女主人公生活道路不尽相同，归宿也不大一样，但她们的际遇都构成了对资产阶级社会的有力控诉，这一点却是如出一辙的，而她们惨遭不幸的直接原因，又都是爱情上的绝望。

真正的爱可以净化心灵，消除污垢，给人带来无穷的生活勇气。三个女性都曾自以为遇到这样的美好时光。

拉赛德少女时受了奸污，一直背负沉重的包袱。当她爱上了朱皮荣以后，仿佛一切都变了。"她感到生命的泉水不再像过去那样从干涸的源头一滴一滴地挤出来；她浑身流动着热血，充满了活力……生活的欢乐，像一只晴空中的小鸟，在她胸中振翅飞翔。"她为朱皮荣献出一切，想把爱情紧紧搂住，甚至不惜借债、偷窃去换取爱人的心，一再受骗而仍然穷追不舍。最后，终于发觉被弃，生活的支柱折断了，于是开始放纵，酗酒、滥交，从而沉沦下去。当她再委身于另一名男子时，心中的爱已不复存在。她冲着戈特里施说：

"是的，你占了我的身子……那又怎么样呢？这就能使我爱你吗？"接着又说："老实告诉你吧……你得不到我的心，你不是我的命根子，你只不过给我一点肉体快乐罢了……"

拉赛德的早逝与其说是由于疾病，倒不如说因失去爱的幸福而致。爱莉莎的经历也有类似之处。少女时候便沦为娼妓，后来读了一些文艺书籍,憧憬着脱离苦海过另一种生活。她结识了一名口中挂着几句革命词句的客商,以为从此找到理想中的人儿,便离开了妓馆,跟他到处漂泊,备受折磨而不悔。后来才发现他竟是个乔装打扮的警察密探,便极其厌恶地弃之而去,爱的心灵受到极大的创伤,已到了厌倦生活的境地。于是她复落青楼,再度陷入泥坑。后又遇一名士兵,两人开始相爱,她满以为可以借此摆脱屈辱的生活。不料二人在巴黎近郊的森林散步时,士兵要对她进行粗暴的非礼之举,她愤怒地反抗,无意用刀子捅死了士兵,从此身陷囹圄,最后死于狱中。然而即便在监牢里,她还不时展阅士兵生前给她的情信。心中绝望的爱火摇曳地燃烧至死。

拉福斯丹的命运似乎稍好一些,然而她也没有得到真正的爱。她是一名演员。当她所爱的人临场观赏她的演出时,她的演艺发挥得何等出色!可以说,爱情使她的艺术焕发出灿烂的光彩。不幸的是,她所爱的英国贵族只想把她作为小摆设那样圈在家里。他嫉妒所有与她接触的人,甚至连观众也妒忌。他骨子里对自己的情人是轻蔑的,后来还迫使她离开了舞台。拉福斯丹不久便厌倦离群索居的生活。她的艺术追求异常强烈,连在梦中也想到自己再度登台。那英国贵族临死前还为此诅咒她。拉福斯丹是被自私的爱情断送了艺术生命的。

爱能救人,爱也能杀人。三位女性都是被虚浮、自私的爱所杀的。只不过拉福斯丹失去的不是肉体上的生命,而是艺术上的生命而已。在一个把人的尊严变成了交换价值的冷漠社会里,妇女多半只作为男子的玩物而存在。她们又往哪里寻找真正的爱情啊!难怪《日尔米尼·拉赛德》结束处写道:"……可怜的姑娘,命中注定,在这地球上既无寄托爱的地方,也没有安置死后之躯的处所。"这可以说是十九世纪末期,资本主义社会里大多数妇女的命运的写照。

（四）

　　根据爱德蒙遗嘱的倡议，法国于本世纪初成立了龚古尔学会，以他的遗产为基金，设立了龚古尔文学奖。龚古尔兄弟闻名于中国多半是因这项著名的文学奖之故。读过兄弟俩著作的人是不多的，更不必说研究、评论了。不但在我国是如此，就连在作家的本国，一般读者也都很少去读龚古尔兄弟的作品，他们的小说当然极少重印。本译本所据的是1979年难得的再版本。将龚古尔兄弟几篇有代表性的作品介绍给我国读者，这无疑是一件值得称许的工作。然而，为什么广大读者竟长时间地把龚古尔兄弟遗忘了呢？这倒是一个值得思索的问题。是读者的不公正？是历史的误会？还是龚古尔兄弟作品自身的缺陷所致？我还未见到有哪个法国评论家对这个问题展开正面的评述。不过我想，龚古尔兄弟著作本身的弱点总该是其中的一个原因吧。看来，起码可以指出这么两点：

　　首先，他们的现实主义或多或少是旁观者的现实主义。他们写社会低贱阶层很大程度上是作为陌生的事物来赏玩。作为审美家，他们好奇心有余，而与描写对象心连心却不足。爱德蒙说：

　　"……我是个出身高贵的文人，民众——贱民，如果您愿意这样称呼的话——对于我来说，正像尚未被发现、不为人知的居民那样具有吸引力，就像旅行者不辞劳苦去千里迢迢之外寻找的'异国风情'那样吸引人。"

　　这话说得是够坦率的。因此在龚古尔兄弟的作品中，即便是爱情的描写,读者也难得读到真正令人肝肠寸断的篇章。龚古尔兄弟还说:"今天小说要求进行科学研究,肩负起科学的责任……"也许正是他们所追求的"科学",抑制了作家观察和刻画的艺术激情。

其次,他们写作上刻意求工,笔调细腻,行文讲究词语的运用,吸收了好些新词、僻语,他们自称是"艺术文笔",当时曾给人以耳目一新之感。然而时过境迁,吸引力开始减弱,雕琢过甚的不自然痕迹慢慢地暴露出来。有些作品(例如《妓女爱莉莎》)问世时,曾经迷住了不少读者,获得一时的成功。不多久,就失去了原先的魅力,显得有点"过时"了。

兄弟俩仿佛预计到日后自己的作品的命运似的。弟弟于勒去世前两三个月便对哥哥爱德蒙说了这么一番话:

"没什么关系,你看吧,人们要怎样否定我们就让他们去否定好了……总有一天要承认:我们写下了《日尔米尼·拉赛德》,而那是一本典型的书,为一切以现实主义、自然主义等名义在我们之后搞出来的东西树立了榜样……"(见《亲爱的》序言)

的确,龚古尔兄弟作品在文坛上的影响力还是不容忽视的。左拉接近兄弟俩的时候,正是《日尔米尼·拉赛德》问世之际。左拉认为,这是一部重要著作。法国近代作家弗朗西斯·卡尔科对龚古尔兄弟表示过由衷的感激之情。龚古尔兄弟的作品对普鲁斯特的《往昔时光重现》也有相当的影响。

不过,当代的法国文评家一般认为:龚古尔兄弟的真正杰作不是他们的小说,而是他们留下的22卷《日记》。可惜尚未见我国有人着手系统评介。

（五）

为他人译本写序的作者，往往喜欢对译文表示赞赏或发表点看法。而我却没有资格这样做。因为我写本序之前读的是原文，而且是先后念的——三篇小说的阅读时间大约相隔了一年的光景。译者五人，完稿的时间不一，我只有在引用原文的时候，为求表达上的大体一致，最后才核对过少数几句译文。不过在阅读原文的时候，我便知道译龚古尔兄弟的小说并非轻而易举的事。原作者的"艺术文笔"经过认真磨练，在汉语中不易找到相应的说法。他俩爱用的名词句的句式，在汉语中也极难照搬。他们不时使用的新词罕语，到了今天实在叫人费解难查。我读原文，可以囫囵吞枣，一掠而过，不求甚解。而几位译者却要一字一句地啃透，还要把作者的原旨艺术地传达出来。个中苦处，我虽未动笔，亦可想而知。

现在龚古尔兄弟代表作的选集终于译成问世了，这是一件值得庆贺的事情。曾经一度被法国读者冷落的兄弟俩的小说能否在中国赢得广大的读者，本译本是否能经受得住批评家和公众的检验，就请铁面无私的时光老人去判断吧。

1986年1月31日于广州外语学院

（《爱海沉帆三女性》，德·龚古尔兄弟著，王德华等译，湖南出版社，1986年版）

快慰的感受

——代前言

桌上摆着两本厚书，我曾经一口气地对照着把它们读完，现在还不时翻阅其中令我感兴趣的有关章节，一本是英文版的《中国文明史》（A History of Chinese Civilization），另一本是法文版的《华夏世界》（Le Monde Chinois）（现取中译名为《中国社会文化史》）。两本原为一书，法文是原版，英文是其译本。这是属于"中国通史"之类的著作，六百页左右的篇幅，译成中文大约有四十余万字，但就延绵几千年、内容无比丰富的中国历史而言，书的分量其实不大。小学、中学我们都上过历史课。有一定文化的中国人对本国的历史都不会太陌生。我也不指望从这有限的篇幅中能读到什么新史料。翻阅本书，无非是抱着一种猎奇心理：看看外国人是怎样写中国史的。

开卷之后，一阵清新气息扑面而来，令人不忍释手。于是干脆对照两种西方文字，认真研读起来。心潮随作者的文笔而起伏。作者以俯瞰的目光，将中国放在亚洲地区乃至整个世界范围内衡量，从多角度描述华夏世界发展历程，视野开阔，令人耳目一新。尤为难得的是，作者摆脱了一些西方文化人所持的"欧洲中心论"观点。他这样写道："虽然当前在日渐变小的世界中，中国已成为我们的邻居，然而，我们仍然固执坚持西方文化至上论，其实欧洲不外是欧亚大陆之组成部分，其历史也只是作为欧亚大陆史的一个方面……"请看，能站在这样的角度来看问题，是要有高屋建瓴、不囿于成见的气魄的。全书的史实叙述，能大体不失客观公允，恐怕其原因就在于此。

既然中国文明是人类文明的有机组成部分，如果游离地描述其发展历史，势必使其失去丰满的形象。作者凭着对西方文明史的深刻了解，行文中处处拿中国与西方对照，并勾勒出中国与邻国以及西方之间的相互影响，同时批评西方人对中国相沿成习的错互见解，鞭辟入里。还是听听作者怎样说吧："十六世纪以来欧洲发现中国的全部效应我们还远远未充分了解以及正确评价……的确，自华夏世界经历衰落与屈辱时代以来，十八世纪中国的社会政治制度、思想、技术及工艺曾引起的热烈兴趣已被遗忘。西方为自己的迅速进步而自豪，竟想将一切功绩全归自己。或许有一天我们对西方的飞速发展会有更恰如其分的判断。"

谈及所谓"君主制"与"民主制"问题时，作者也有自己的独特见解："我们所习惯的关于君主制与民主制的划分，未免过于绝对化，历史上并未出现过纯粹的民主模式，中国君主制亦并非排斥任何调节机制与民众表达形式。剥削弱小、专断强暴都不是华夏世界的特产。总而言之，历史上其他民族也不见得比中国有更多的正义、更多的人道。有人可以以极其暗淡的色彩描绘中国社会史、政治史，而就欧洲情况而言，要采取同样的处理办法也并非难事。"

读中国史的人，有一个问题常常横亘在心中：为什么中国竟落后了？有人的答案是我们的"黄色文明"衰落，或者说我们没有去迎接"蔚蓝色的文明"。我们也来看看作者如何回答这个问题："中国四百年间曾是亚洲的海洋大国"，也就是说它拥抱"蔚蓝色"极早，而且胸襟开阔。"华夏世界之所以适逢其时而却未能成功进入工业时代，原因主要是极其不利的历史际遇，而并非根本无能。十九世纪上半叶，清皇朝经历没落与衰退时期，在这时期之后，有两件同时发生的事情更令华夏世界社会政治传统所构成的障碍愈加强化,这两件大事是:1850—1875年间的国内大危机以及外国帝国主义军事、经济压力。"

那么"华夏文明衰败"的印象又是怎样来的呢?作者有自己的看法:"十七世纪伟大的耶稣会教士是文化人、学者,渴望与中国精英人士接触,而十九、二十世纪的殖民扩张者却往往缺乏文化素养。他们只与远离中国社会中心的人物(佣人、掮客)往来,自视高人一等……他们对于与自己格格不入,难于了解的文明无甚兴趣,以为这种文明已完全衰败。然而西方各国对当代中国的印象正是通过他们的见证而来的。"只要我们留意一下西方影片中有时出现的华人形象,便可知作者的说法不妄。

读罢全书,仿佛服上了舒解的清凉剂,有说不尽的快慰感受。能从更广阔的角度去看华夏世界的升沉盛衰,特定时空的屈辱便不那么使人窒息,于是也就能够不卑不亢地面对世界和看待中国的过去以至展望它的未来。

原书行文紧凑、凝练,夹叙夹议,挥洒自如。尽管有一些提法我们未必完全同意,特别是有关中华人民共和国历史的叙述,不无偏颇之处,但仍然不失为一本"以外国人眼光看中国"的好书。法文原本于1972年初版,出版后陆续被译成英、德、意、葡等好几种文字。原著者是享有盛名的法国汉学家谢和耐(JACQUES GERNET),他是法国研究院院士、法兰西学院教授。

(《中国社会文化史》,〔法〕谢和耐著,黄建华、黄迅余译,湖南教育出版社,1994年版)

《中国社会史》译后记

记得我开始执笔翻译此书（当时取名为《中国社会文化史》），已是上世纪80年代末的事情了。我说的"执笔"，是名副其实的，因为我那时还不懂得使用电脑键盘。译稿所据的版本是 Armand Colin 出版社的 Le Monde Chinois（《华夏世界》）修订本第二版。国内出版社约译时中国尚未加入世界版权公约，待到发稿的时候，社方却要我帮忙去取得原作者和原出版社的授权。这就叫我犯难了。幸而本书的另一译者黄迅余，当时人在巴黎，通过她的积极联系，终于获得对方的慨然允诺。谢和耐先生还把该书修订本第三版要改动的地方列出打印给我们，使我们的译稿大部分能够赶上新的修订本。后来，谢和耐先生把修订本赠给了我，他亲笔在扉页上用中文写上如下的字样："黄建华教授留念 谢和耐敬上 于巴黎九二年六月一日"。我和迅余的译本终于1994年7月由湖南教育出版社出版了。随后国内还出了该书的另一个译本。

翻译此书之前，我和迅余只知谢和耐院士之名，并未面识其人。从征求版权开始，我们便结下了文字之缘。我还记得90年代初本人访问巴黎的时候，曾蒙他邀请至他工作的法兰西学院参观，内中所藏中国典籍之丰富，令我十分惊讶。他还邀请我至附近一家餐馆就餐，席间彼此交谈甚欢，长者的笑貌仪容至今还不时浮现脑际。

去年，谢和耐先生向迅余提起，国内有一家出版社要重出 Le Monde Chinois 的译本，并表示已向法方出版社推荐我们的本子，可是，一直没见到国内有哪一家出版社跟我们联系,直至去年下半年,方接到一封陌生的来信,那是江苏人民出版社五编室主任府建明编审寄来的。信中人作自我介绍之后,即谈及重出译本的问题。府建明先生写道:"现我们已购得此书的中文版权。谢和耐先生对先生之译本情有独钟,特别言明此书再版时须采用先生之译本。故不揣冒昧,祈望先生授权给我们。……因不知先生现有地址和通讯方式,故寄至广东外语外贸大学校办。"

  在互致新年问候的同时,迅余把这消息告诉了谢和耐先生,先生十分高兴,他也没有忘记我这个远在南中国的译者,请迅余向我转达他的新年祝愿。看来我们的文字情缘还将延续下去。

  译本重出,本应趁这个机会对照原文,认真校阅一遍,但近来我的工作任务异常繁重,实在无法抽空,只好借助责编在文字做些润色功夫,基本照印。不过原来缺译的正文(当时因考虑某种影响而未译),则悉数补译。而附录部分,也是原译所没有的,此次根据江苏人民出版社的决定,参考耿昇先生的译文,予以补上。在此特别一提,以示不掠他人之美,同时借此向耿昇先生表示由衷的谢意!

2007年3月1日于广外大校园

《夜之卡斯帕尔》译序

　　1841年4月29日,一名默默无闻的诗人在巴黎辞世了,他的葬礼不像同时代的雨果那样赢得全国举哀,万人空巷;跟随灵柩的只有孤零零的一位友人。当时风雨交加,在墓地上念祷文的神甫不等棺材抬到便径自离去。这位寂寞的诗人只活了34岁。他的传世之作《夜之卡斯帕尔》在友人的帮助下于死后次年才得以出版。其时,文坛上群星灿烂,没有多少人注意这颗暗淡的小星。雨果虽曾答应要为他写几行耐久的文字,可终于没有执笔。唯有同时代的批评家圣佩夫独具慧眼,称他为"落到岩石上的种苗","少尉时就阵亡的大将"。这位潦倒终身的英才在我国似乎尚鲜为人知晓。在法国他已进入文学辞典,被视为怀才不遇的最知名者了。

　　他全名叫路易—雅克—拿破仑·贝尔特朗,一般就称路易·贝尔特朗,笔名叫阿露佐斯·贝尔特朗,1807年4月20日生于意大利的切瓦,父亲是原籍洛林的法国军官,母亲是意大利人。七岁左右移居法国的第戎,从此就在那里生活、成长。"我爱第戎,像孩子爱喂奶的乳母,像诗人爱撩起情思的姑娘。"诗人从第戎的古代遗物和自然景色中孕育了灵感,吸取了养分。1827年在第戎完成了学业,便加入当地的文艺圈子,在本地的刊物《外省人》发表诗文,这些作品中的一部分后来经过修改收在《夜之卡斯帕尔》里,可在当时并没有产生什么影响。

　　1828年末他初赴巴黎,进入雨果、诺第埃等人的文艺沙龙,受到了热烈的欢迎。本来可以指望从此脱颖而出,只是他生性孤傲,加之贫病交加,羞于求助他人,不久又只身回到了故乡。他在第戎曾参加了一些共和派的政治活动,发表过若干论战性的文章,还写了歌舞剧《轻骑兵少尉》,但都未见成功,结果还是湮没无闻。

1833年他再赴巴黎,其时已身染肺病,反复发作,不时住院,为生活计,不得不胡乱干些零活,当时他的朋友已经不多,他的孤高的性格竟使他拒绝友人伸出的援助之手。最后只剩下雕塑家大卫·当热(1788—1856)算是唯一的知己,送他至最终的归宿之处的便是这位艺术家。贝尔特朗临终前给这位朋友写了这样的字条:

"亲爱的大卫,我的恩人,我们还能再见吗?我正处于危险状态中,我想这是最后的限期了。祝愿你长寿、幸福……"

他还惦念着他的《夜之卡斯帕尔》。这部作品屡遭出版商拒绝,最后虽然被接受,但一直拖延不出,而且被改动多处。他想要回这部作品再修改一次:

"……如果我一个星期之后还活着,请把我的手稿交回给我。要是那时我已离开人世,我就把手稿、把整本书遗赠给你,同时也献给仁慈的圣佩夫,他认为怎样合适就怎样删削改动吧。"

他终于来不及再看一眼他的手稿便辞别人世了。他短短的一生可以说黯然无奇,全没有他作品中所表露的变幻莫测,神奇诡秘。

文学史上常常有这样的情况:某些作品发表时名噪一时,过后却落进被遗忘的深渊;某些作品当时默默无闻,后来却散发出奇光异彩,经久不衰。《夜之卡斯帕尔》属于后一类。据法国的评论家统计,受他影响的文学大家达几十人，这里不妨列几个读者较熟悉的名字：波德莱尔、魏尔仑、兰波、马拉美、法朗士、阿波里奈、艾吕雅、布雷东、纪德、尼采……象征主义和超现实主义的作家群不少人都公开宣称贝尔特朗是他们的前驱者。马拉美称他为"我们的兄长之一"；布雷东认为"贝尔特朗是过去的超现实主义者"。总之，《夜之卡斯帕尔》在法国文学史上的地位已得到了公认。他究竟凭的是什么呢？

一个时代有一个时代的主流艺术形式、欣赏趣味。在他那个时代，可以说贝尔特朗是不合时宜的作家。

从形式上来说，他写的是诗体散文或散文诗。作者曾表示，他"试图创造一种新的散文品种"。这在当时是不多见的。19世纪上半叶雄踞法国文坛的主要是浪漫派的诗作。《夜之卡斯帕尔》可称得上开一代风气之先。他摈弃了押韵的格式、夸张的声调、直叙的放纵形式，而以简练的、跳跃的甚至浓缩的散文体呈现给读者。自此，散文诗这一文学新品种才逐渐在文苑里占上一席重要的位置。1862年波德莱尔出版了散文诗集《巴黎的忧郁》，公开承认他从《夜之卡斯帕尔》中受到启发。1873年兰波完成《地狱一季》，1886年发表《彩图》集，那都是继《夜之卡斯帕尔》之后的重要散文诗作。到了20世纪，许多著名诗人都写散文诗，如克洛岱尔、圣琼·佩斯、勒内·夏尔……有的甚至以写散文诗为主。可惜《夜之卡斯帕尔》问世太早了，读者还不习惯这种诗不像诗、散文不像散文的文体；然而作者的卓越之处，正在于此，故贝尔特朗有"法国散文诗之父"的称号。

就艺术风格而言，贝尔特朗的散文诗常常庄谐兼并，或寓庄于谐，或寓谐于庄，读者往往可在他的作品中找到暗含的俏皮、幽默，这是突破当时浪漫主义诗作的地方。诗人在《夜之卡斯帕尔》的《序言》中写道：

"艺术犹如一枚像章,总有正反两个方面:比如,正面酷似P.伦勃朗,反面则像J.卡洛。伦勃朗是个白胡子的哲学家。他蜗居在自己的陋室里,全盘思绪沉浸于思考和祷告之中,闭目凝神,独自与美、科学、智慧、爱情的精灵交谈,为探求自然的神秘象征意义而日渐憔悴。——而卡洛却恰恰相反,他是个放浪形骸、夸夸其谈的士兵,在广场上招摇,在酒馆里闹嚷,抚弄波希米亚人的姑娘,凭长剑与火枪起誓;唯一操心的事情,是把小胡子梳理得油光可鉴。"

　　作者将这两方面结合得很好,而又不走极端。这可以说是本书主要的艺术特色。

　　从题材内容看,书中充满了对黑夜、妖魔、鬼怪、幻梦、巫术、仙女等的描写,明与暗、梦与真、情与理、虚与实、生与死、古与今揉合在一起,迷离惝恍,一反浪漫派作家那种江河直下式的抒发。书中标题所用的"奇想"一词正好反映它的基调:全书弥漫着浓重的怪异、神秘的气氛。远离当代的中古题材,游离现实的梦境世界给读者以幽思遐想、纵横驰骋的广阔天地。加之作者采用了凝练的艺术手段:将叙事的时间环节隐去,给读者留出想象的空间,从而使作品的内涵愈加显得丰富。

　　《夜之卡斯帕尔》随着时间推移而愈受赏识,散文体诗已在全世界日益流行,贝尔特朗已不只是法国散文诗之父,而成为现代散文诗的先驱了。我相信,正在努力探索的中国诗人是会认真鉴赏它,从中获得不少艺术借鉴或思想启迪的。但愿我的译文能大体传达原作的精神,不致色味俱失,令读者产生"嚼蜡"之感。

　　本书是全译本,按帕约出版社1925年的版本和伽利玛出版社1988年的版本比照核对译出。贝尔特朗虽不算是文笔晦涩的作家,但原作费解难译的地方也颇多,我不敢自信译文没有讹误之处,仅诚恳地希望专家和广大读者批评指正。

1988年7月18日于广州外语学院

（《夜之卡斯帕尔》，〔法〕贝尔特朗著，黄建华译，花城出版社，1990年版）

再版译序

《夜之加斯帕尔》的初译本于1990年在花城出版社出版,至今已26个年头了。初版译本印数才1,900册。就偌大的中国的图书市场来说,实在少得可怜。因而这次再版,是有它的必要的。趁着这个机会,我就来对原作者人和书,再多饶舌几句。

贝尔特朗这位"苦命"的诗人,可以说终其一生,并未享受过人间的欢乐。他作为男丁,20岁已成为家庭的支柱,家中有一母一妹,正等待他接济、供养,而他却没有稳定的职业,连自己也无以为生。那本寄托他全副心血的唯一的诗集,出版商却并不赏识,一直拖延未出。诗人最后在贫病的煎熬中,郁郁故世。死前,他连自己的作品也未见到。

他的可悲的遭遇,虽然可以归因于"命运不公",但一定程度上,也是性格使然的。他已一度当上勒德雷尔男爵的秘书,男爵与他家是世交,而且对他爱护有加。他本来靠着秘书的职位满可以过着不愁冻馁的生活,可是他习惯不了秘书的刻板工作,竟主动辞去。他落魄巴黎的时候,没有一件光鲜的衣服,没有一双像样的鞋子,因而羞于会友,但却不愿求助他人。他把自己禁闭起来的时候,像是失踪了似的。认识他关注他命运的人都不能不为他担心。他的一位好友诗人C.布吕尼奥就在写给他的信中这样说:

"我亲爱的贝尔特朗,你这样做是徒然的,我无法习惯于让你在那里孤独地禁闭自己。尽管你固执地坚持沉默,但我仍然认为,这主要归因于你精神上的痛苦,而不是你忘记了深深爱着你的人们……(接着,信里预想彼此相见可能共度的愉快时光)。我亲爱的贝尔特朗,请别在忧愁和苦恼中消磨自己。想想我们吧,给我们写信,你会得到宽慰的。"

然而,贝尔特朗并没有听从友人的劝告,更不接受人家的关怀,终于带着一副傲骨度过短短的寂寞而又凄凉的一生。如果他没有留下《夜之加斯帕尔》,这辈子就算是白活的了。

作者的命运既然如此平淡无奇,没有多少可以着笔的地方,那就多交待一下他的作品的遭遇吧。

1828年8月1日贝尔特朗在给母亲的信中写道:他在此之前曾把诗集《田园风俗画》交出版商出版,可出版商后来破产了,因而未有结果。1833年,《田园风俗画》最后定名为《夜之加斯帕尔》,另一名叫E.朗迪埃尔的出版商承诺接纳。1833年贝尔特朗的母亲在写给儿子的信中留下过这样的字句:"我让你想想,我们得知你的作品获得成功,是怎样的感动和怎样的高兴。"

然而,贝尔特朗母亲的高兴未免为时过早了。有关出版事宜的谈判竟持续了三年,内中的原因尚不大清楚。有的人认为,由于出版商要作者修改某些不合时宜的地方,作者有为难之处。另一种说法则是:作者总觉得自己的作品不完善,不断改动,而致拖延。总之,到了1836年(大概是5月间吧),出版合同,才真正签订下来。

合同中有三点值得在这里交待一下:

1. 此书的第一版稿费为150法郎,也就是说作者是以极其低廉的价格把稿子让给出版商的。

2. 此书第一版所定的印数是800本,可见其发行量极小。

3. 此书出版后,给作者的样书数为15本,与国内目前的情况大同小异。

合同签订后,作者就一直翘首以待他的手稿变成铅字的成品。薄薄的一本小书,排印无需花多少时日,原定于1836年当年即可见书,到1837年仍无着落。1837年9月18日贝尔特朗写信给其挚友雕刻家大卫说,他仍然希望于当年秋天能见到此书。然而作者又一次白等了。

面对出版商的拖延,作者的友人背地里与之另外联系出版商,打算将手稿转移至昂热印行。也许贝尔特朗对友人的一番好意并不知情,而且对E.朗迪埃尔也并未完全失去信心,他于1840年10月5日亲自造访E.朗迪埃尔,希望尽最后的努力,促成此书的出版。这次访问不遇,他给出版商留下了一首十四行诗,诗的大意是这样的:

葡萄成熟了,天气晴朗温和,欢乐的人群正等待着收获。我扣响你紧闭的门,你还在沉睡吗?是采摘的时候了。我的书就是那葡萄树,树上垂着一簇簇金色的果实。我已把邻人请来,他们带备了篮子和小刀,而榨果机也正等待着开榨。

而此时出版商正准备退出经营,"葡萄的收获"眼看无望了。贝尔特朗身体日差,其时正反复住院。他于次年(1841年)4月29日辞世。他在临终的前夕(或许是断气前的两天)还写信给自己的友人,希望再对《夜之加斯帕尔》作少许的修改。然而他一切都来不及做了,留下了深深的遗憾便告别了只带给他苦难和忧伤的尘世。他去世一年半之后(1842年11月)这部散文诗作才终于和读者见面。从1828年算起至1842年,一本短短的诗集,竟折腾了14年之久!

诗集问世之后,当时并没有产生多大的反响,后来才逐渐被人认识,它在文学史上的地位终于慢慢确立了起来。这位新文体的创造者,我们要给他的作品下一个概括性的评语,实不容易。这里只简略地提一下某些法国评论家所指出的其诗作显露的某些主要特点。

首先是作品想象的跳跃性。作者叙事的时候往往打破严格的时空顺序,古今揉合,上下交错,抽去了严格的逻辑线索,给读者留下了神游的广阔空间。在这方面,也真个是"文如其人"。据熟悉作者的亲友反映,贝尔特朗是个即兴式的诗人,不善于周密思考,也没有按部就班进行创作的习惯,灵感一来,随便抓一片小纸头就写:旧信封、报纸角、破纸片⋯⋯,什么都合适,有时甚至连书页也撕下来。他那小书桌乱成一团,搁满了蝇头小字、谁也辨认不出他写什么的残页片片。⋯⋯

其次是他作品所显露的画像;也就是中国人常说的"诗中有画"吧。不过这画不是"山水",也不是"活动美人图",更与当时浪漫派大师德拉克鲁瓦那样的作品无关。正如作者在其《序言》中所交待的:它是伦勃朗(荷兰画家、雕塑家1606—1669)与卡洛(法国雕塑家、画家1592—1663)的混合。而伦勃朗是个"白胡子哲学家","全盘思绪沉浸于思考和祷告之中,闭目凝神,独自与美、科学、智慧、爱情的精灵交谈";卡洛则"是个放浪形骸、夸夸其谈的士兵,在广场上招摇,在酒馆里闹嚷,抚弄波希米亚人的姑娘⋯⋯""而本书的作者正是从这样两面性的角度来观察艺术的"。

这样,贝尔特朗诗作所呈现的画面自然是中世纪的画家的奇思妙想。事实上,作者也曾经大量观摩过这类画家的作品。

第三是作品的浓重的黑夜场景。读者略为翻阅各篇诗作便可知道,全书几乎有一半作品是涉及夜景的。诗集的标题《夜之加斯帕尔》,就带了个"夜"字,其中的第三卷的总题还用了"夜及夜之魅力"的字样。夜与梦自然密切不可分,难怪书中幻像叠出,怪异丛生。而这梦境与又死亡连结在一起,于是使书中充满了诡秘、沉郁的气氛。

——"你认识夜之加斯帕尔先生吗?"
——"你找他想干什么呢?"
——"他借了一本书给我,我想还给他。"
——"一本魔书!"

的确,《夜之加斯帕尔》是一本"魔书",是值得读者反复揣摩去探寻其中的奥秘的。

此次借译本再版的机会,尽量参考有关资料,根据原作的精神,补写一篇序言,多作点交待,希望以更好的"包装",呈献给读者。这篇"补序",除了借鉴帕约出版社1925年版本卷首所附圣佩夫的《阿露佐斯·贝尔特朗简介》之外,还参考了伽利玛出版社1988年版本M.米尔纳的《前言》,这是我要特别交待的,以示不掠他人之美。再版本新加的插图,绝大部分取自前一版本。惟插图位置稍有改动,为的是更配合译文。贝尔特朗的肖像,则是后一版本所有。它原是贝尔特朗好友雕刻家大卫刻于像章上的作品。此次采用时将它放大了。

此次译本再版,订正了少许疏误的地方,译文的安排尽量遵照原文的格式,诗中的段与段之间加了好些星号"★"。惟原版中有一种格式我们没有采取,即:每卷之前多附一空白插页,正反面分别印上"此页结束夜之加斯帕尔奇想第几卷"、"此页开始夜之加斯帕尔奇想第几卷";我们觉得,虽然这能增加本书的厚度,但也会加重读者的经济负担。

临末,我们转引贝尔特朗《致雕塑家大卫先生》的诗句作为结束语。

我是个穷困、受苦的诗人,我祈祷过,爱过、唱过!我的内心充满信念、爱情、才思也是徒然!

因为我是流产生下的小雄鹰!我命运之蛋从不曾受成功的温暖翅膀孵过。它就像埃及人的金色胡桃那样干瘪、中空!

啊!人,不过是脆弱的玩物,挂在情欲的线上跳跳蹦蹦,人啊!如果你知道的话,请告诉我:人是受生命磨损,被死亡粉碎的提线木偶,仅此而已,是么?

(再版译名为《夜之加斯帕尔》,〔法〕贝尔特朗著,黄建华译,华东师范大学出版社,2017年版)

两颗巨星相遇后的留痕
——序《乔治·桑情书集》①

（一）

19世纪，法国文坛上的两颗浪漫主义巨星相遇了，撞击起闪烁的火花，留下了惹人注目的痕迹。一个是追求女性自由、不甘忍受封建主义羁绊的女小说家乔治·桑（1804—1876），一个是才华横溢、放浪形骸、被人称为浪漫派的"宠儿"的诗人缪塞（1810—1857）。两人结成临时伴侣，卷进了猛烈的感情风暴之中，前后经历了三年（1833—1835）的爱情纠葛，这给两人的生活和创作刻下了不可磨灭的印记。

乔治·桑的《一个旅行者的信札》就在和缪塞相好的期间问世，后来结集出版，其中不少书简可以说就是写给缪塞的情书。《她和他》则是这位女作家为自己这段生活辩护的作品。

缪塞所受的影响更为明显：著名的《四夜》诗，没有谁不认为与这一段爱情经历密切相关；《回忆》一诗，有人说是他与乔治·桑恋爱的总结；小说《世纪儿忏悔录》鲜明地反映了这次不幸的爱情经历。

没有这两颗心灵的撞击，也许两人的某些作品就不会产生，或者即使产生了也会显示出不同的色彩。总之，两人的《爱情信札》能够

---

① 责编曾把书题改为《乔治·桑情书选》，不确。

帮助我们更深入了解这两位作家的感情生活以及他们的一些作品，那是毋庸置疑的。

（二）

历来编印成书的信札大体上有三种：一是尺牍之类的各种程式的书信范例汇辑；二是书信体的文学创作；三是名人（或虽不名而实有其人）的书信汇集。第一类以实用为其目的，这里且不去说它，这本《情书集》当然不属此类。第二类是想象之作，信中的人和事都经过虚构安排，其情节脉络清晰可寻，因为它真正的交流对象不是对方（接信人），而是一般读者。第三类信中的某些内容只有当事人才知其详情，因为通信的双方彼此熟悉，不少事情只提半句对方便知究竟。第二类和第三类的主要区别之点是一为虚（虚构），一为实（真实）。毫无疑问，这本《情书集》是属于第三类的。只要看看信封的日期、邮戳，信中谈及某些与爱情无关的琐事，以及行文的误笔和缺漏之处，便可知晓。的确，乔治·桑与缪塞交往的信件，生前都密封托存与另一个人手中，两人死后才启封问世。（本集最后一封信已透露出这一安排。）唯其是真实之作，这本《情书集》也就具有非常高的史料价值。作家的心境，当时的人情风物，某些作品的写作原委以及出版经过都可以从中窥见一二。集子中还有缪塞亲笔画下的乔治·桑肖像，女小说家当时的风貌跃然纸上。因此，这本《情书集》自然也就成为作家研究的珍贵资料。

（三）

然而两人的《情书集》却不仅仅有着史料价值，它还是极其优美的文学作品，具有很高的欣赏价值。因为它出自两位名震一时的大作家之手，而且是发自内心深处的撼魂动魄的呼声。请读乔治·桑致缪塞信中的这一段：

> 我的朋友，愿上帝保持你现时的心境与精神状态。爱情是一座圣殿，那是恋人给一个多少值得自己崇拜的对象建造的。殿中最美的倒是祭坛而不是神灵。为什么你不敢去冒冒风险呢？无论崇拜的偶像是长久树立抑或转眼间便告粉碎，但你总算建立起一座美丽的殿堂。你的心灵将会寄托其间而且将会令其圣香缭绕。像你这样的心灵想必会产生伟大的作品。神灵或许会更换，而神殿将会与你长存。……

显然，这与其说是情书，倒不如说是关于爱情的哲学思考。再看缪塞附在信中的小诗：

> 是你教给了我，可你已经忘记，
> 记否我心中曾充满了柔情，
> 美丽的情人啊，在那幽深的夜里
> 我流着泪扑向你袒露的双臂！
>
> 你记忆一旦失去，往事从此消逝。
> 这甜蜜的爱情，它曾在生活长流中

把我们两颗交融的心融进深吻里——
是你教给了我，可你已经忘记。

像这样的轻盈美妙的佳作，是完全可以和缪塞正式出版的诗集中许多短诗媲美的。

总之，本集子中既饱含诗情，也充满哲学意味，蕴藏甚丰，细心的读者总能从中领略点什么。

（四）

乔治·桑与缪塞都在信中提到了拉图什（同时代的法国作家）的一句名言："世上两个相爱的人儿到天上便化为一名天使。"

的确，历史上好些情人的名字是合而为一的。在英国，提到罗密欧就跟着会提朱丽叶；在法国，谈及爱洛绮丝就不会不提阿贝拉尔；在中国，说起梁山伯谁也不会忘掉祝英台……缪塞与乔治·桑这两个名字也多少是连结在一起的，只不过两人结合短暂，转成怨偶，终至分手。当初双双携手赴意大利，如同新婚夫妇消度蜜月。不久，彼此因性格不合，发生争执。随后缪塞得病，乔治·桑精心看护。她请来了一位名叫帕杰洛的意大利医生。一天，缪塞在病床上背转身去，却透过镜子看见了帕杰洛与乔治·桑拥吻。于是一场争风吃醋的风暴爆发了。缪塞旋即离开威尼斯独自回巴黎。可两人在感情上依然藕断丝连，不能自已。《情书集》为这段生活前前后后的状况提供了书面佐证。

这段爱情瓜葛究竟孰是孰非，评论家们的意见历来不一。有的人曾大骂乔治·桑：一个有夫之妇，引诱比她小六岁（《情书集》上写的是小八岁）的少年，到了异乡，复又把他抛弃，转而委身于第三者。于是"荒唐"、"淫荡"、"可耻"之类的责备之词便加到乔治·桑的头上。

不过,亦有人同情乔治·桑而指斥缪塞:一个浪荡子,常以喝酒和找女人为乐事。乔治·桑与帕杰洛相好之前,他已另有所向。后来纠缠乔治·桑只是由于他妒忌,一旦再得手,转而又对她百般折磨。于是"乖戾"、"偏狭"、"妒忌"之类的非难之词又落到缪塞的头上。

究竟谁是谁非呢?现在两人的信件都展示在大家面前,就让读者自己来判断吧。不管怎样,信中所反映的感情的曲折变化,足可以为爱情心理学的研究提供第一手材料,一般读者也是可以从中吸取经验教训的。

(《乔治·桑情书集》,余秀梅、黄建华译,漓江出版社,1991年版)

《爱经》
——关于男欢女爱的古罗马诗作

我偕小女迅余译完此书之后,出版社来函嘱托,要写一篇有分量的"学术性序言"。奥维德是古罗马的经典诗人,他的爱情诗篇几乎译成了所有西方文字,研究他本人及其作品的著述,在西方世界里收集起来,如果不说是车载斗量,也绝不会是个少数。可惜我本人不是这方面的研究家,无法为此作一篇洋洋洒洒的学术论文,于是就只好从译者的角度写上几行交代的文字。

戴译与拙译

奥维德的名字对于我国读者来说也许并不陌生,诗人戴望舒早就译出过他的《爱经》,而最近几年,许多家出版社一再把这《爱经》重印,有的印数还不少,可以说,这部描绘古罗马情爱的经典作品连同它的作者的名字,已经传遍中国大江南北了。

这次新译的《爱经》,虽则书名沿用戴望舒的译名,但和他所译的《爱经》却是有很大不同的。

首先是分量上的不一样。新译本汇集了奥维德三部主要的爱情作品:《恋情集》(AMORES——法译文:LES AMOURS)、《爱的技巧》(ARTIS AMATORIS——法译文:L'ART D'AIMER)、《情伤良方》(REMEDIA AMORIS——法译文:LES REMEDES A L'AMOUR)。戴望舒只译了中间的一部,也就是三分之一左右吧。

其次,新译本作了分篇、分段或分首的处理,还加上了小标题,眉目清晰得多。这都不是译者的妄加,而是接纳了奥维德研究家的成果所致。为了翻译此书,我曾经参考过几个版本和法文译本,择善而从之,绝不敢随便抓到一本,便率尔移译。

再次,新译本的准确程度要略高一些,避免了旧译的一些疏误。我译此书到第二部分时,曾恭恭敬敬的把戴译本放在案头作为参考。平心而论,和二、三十年代的译品比较而言,戴译可以称得上是严谨之作,错漏的情况不算太多。但也许是因为当时的条件局限,仍不免见到一些明显的误译。兹举一例,以为佐证,请注意在其下划线的文字:

戴译:"只有一个劝告,假如你对于我所教的功课有几分信心,假如我的话不被狂风吹到大海去,千万不要冒险,否则<u>也得弄个彻底</u>。"①

新译:"如果你对我所传授的技巧还有几分信心,如果我的话不至被狂风吹到大海去,那我就给你这么一个忠告:<u>要么就别去碰运气,要么就冒险到底</u>。"

如果读者诸君有懂法文的,请对照一下下面两种法语的译文,便不难认定戴译之误:

"NE TENTE PAS L'AVENTURE OU POUSE-LA JUSQU'AU BOUT." ②

"…OU NE TENTE PAS L'AVENTURE OU CONDUIS-LA JUSQU'AU BOUT." ③

---

① 见《爱经》,花城出版社1993年版,第20页。
② 见 L'ART D'AIMER, SOCIETE D'EDITION LES BELLES LETTRES 1994年版,第17页。
③ 见 LES AMOURS, CLASSIQUES GARNIERS版,版本年代不详,第181页。

最后，新译比起旧译来，清畅可读得多。一个时代有一个时代的文风，一个时代有一个时代的欣赏趣味。即便戴译全然不错，今天的读者读起旧译的文句来也会不太习惯。这是很自然的事，六十余年的光阴可不算太短啊（戴译《爱经》1929年4月由上海水沫书店初版）。请对照读读开篇的一段文字，似可见一斑：

戴译："假如在我们国中有个人不懂爱术，他只要读了这篇诗，读时他便领会，他便会爱了。用帆和桨使船儿航行得很快的是艺术，使车儿驰行得很轻捷的是艺术，艺术亦应得统治阿谟尔。"①

新译："如果我们国人中有谁不懂爱的技巧，那就请他来读读这部诗作吧；读后受到启发，他便会去爱了。凭着技巧扬帆用桨，使船儿高速航行；凭着技巧驾驶，使车儿轻快前进。爱神也应该受技巧的支配。"

假如认为开篇的两句未必有足够的代表性，那么，我们翻到下文，再随机抽取一句：

戴译："这是你开端的啊，罗摩路斯，你将烦恼混到游艺中，掳掠沙皮尼族的女子给你的战士做妻子。"②

新译："洛摩罗斯啊，正是你第一个扰乱剧场，掠走萨宾女子，给你手下的单身战士带来欢乐。"

---

① 见《爱经》，花城出版社1993年版，第3页。
② 同上，第7—8页。

我做此对照，丝毫没有扬新抑旧、自我标榜的意思。后译比前译略胜一筹，那是理所当然的事，因为后译者是站在前人肩上的缘故。我的用意无非是说明，新译的《爱经》，不同于时下的某些译本：与前译的大同小异，多了一个新译本却不能增添什么。我敢夸口：即使是最欣赏戴译的读者，如果肯解囊多买一部我这个新译本，这点钱是不会白花的，因为它起码有三分之二左右的译文为旧译本所无。

情与欲

有人称奥维德的爱情诗作是古罗马文学的一顶珠宝冠冕，每一诗句都闪烁着宝石的光芒。不过，当我们看到"爱"字（AMORES）的时候，可不要以为这又是一部缠绵悱恻的纯情之作，奥维德的作品含有更多肉欲的成分。正因为这样，他成了历史上有争议的诗人。你读读下列诗句，即可知其大胆暴露的程度：

"她伫立在我的眼前，不挂衣衫，整个娇躯见不到半点微瑕！我看到、我触摸着多美的双肩，多娇柔的胳臂！美丽的乳房抚摸起来多么惬意！在高耸的胸脯下那肚皮多么平滑！溜圆的臀部多么富有弹性！一双大腿多么富于青春活力！然而，有什么必要逐一细数呢？我只看到值得赞美的地方。她全身赤裸，我紧紧搂着她，让她贴在我身上。其余的，那就不言自明了。……"（《恋情集》卷一，第五首）

奥维德并非单从男性的角度看待性爱，他还强调男女双方身心交流，共同享受爱的欢愉，这是诗人的出色之处：

"但愿女子整个身心感受到维纳斯欢愉的震撼,但愿这种欢乐能与其情郎两人共享!情爱的言词、甜蜜的私语绝对不要停下来,在你们肉欲的搏斗中,色情的言语自有其位置。……"(《爱的技巧》卷三)

爱与性原本是无法分开的,今人的"做爱"一词,不也正反映此二者的密切关系?二千年前的奥维德就已经深知这一点,他以酣畅的笔墨把心灵之爱与肉体之欢揉合描绘,从而令他的诗作有着难于抗拒的魅力。他不是那种死后才被认识的诗人,在世的时候,他就已经声名远播了。

艺术与技巧

"Art"一词兼有"艺术"和"技艺"的意思,许多人就把第二本 L'Art d'Aimer 译成"爱的艺术"①。戴译虽然把书名译为《爱经》,但对"Art"一词也是作"艺术"解的,上引的开篇之句可以为证。不过,如果你通读全诗之后,就会发现,奥维德所描画的更多的是"形而下"之爱。诗人以"导师"的身份出现,自诩向青年男女传授技巧。

"希腊人中精于医术的,是波达利里俄斯;勇武出名的,是埃阿科斯的孙子;长于辞令的,是涅斯托尔;犹如卡尔卡斯之擅长占卜,亦如拉蒙之子之善使兵器,再如奥托墨冬之长于驾车;我也一样,我是爱情的专门家。男子汉哪,请来歌颂你们的诗人吧,赐我以赞美之词,

---

① 《中国大百科全书》"外国文学卷"(中国大百科全书出版社,1982年版)也采用此译法,见该书第85页。诗人周良沛也是赞同这个译法,见《爱经》的"新版前记"(花城出版社1993年版,第5页)。

让我的名字在全世界传诵。我给你们提供了武器,即如伏尔甘给阿喀琉斯供应兵器一样。阿喀琉斯已经获胜,希望凭着我的赠言,你们也会成为胜利者。但愿所有靠着我的利刃战胜亚马孙女子的人,在他们的战利品上写上:'奥维德是我的导师'。"(《爱的技巧》卷二)①

诗中交待猎爱的场所,示爱的方法,衣装打扮,宴席上的举止,情书的写法,许诺与恭维,索礼与送礼,逃避监视,掩饰不忠,等等,等等,甚至连"床笫之事"也被画上了浓重的笔墨:

"请相信我吧,不要急于达到快感的高潮;而要经过几次迟疑,不知不觉慢慢地达到这种境地。当你找到了女子喜欢领略人家抚爱的地方,你不必害羞,尽管抚摸好了。你就会看到你的情人双眼闪耀着颤动的光芒,犹如清澈的流水反射太阳光线。接着便传出呻吟之声,温柔的细语,甜蜜的欢叫,以及表达爱欲的言辞。但不要过度扬帆,把你的情人甩在后面,也不要让她超过你,走在你的前头。要同时赶到临界的地方;当男女二人都败下阵来,毫无力气地躺卧着,这时候的快乐真个是无以复加!当你悠闲自在,不必因恐惧而不得不匆匆偷欢的时候,你是应当遵循上面的行动规矩的。而当延迟会招致危险的时候,那就得全力划桨,用马刺去刺你那匹全速飞奔的骏马。"(《爱的技巧》卷二)

由于其描绘范围的广泛,有人便把奥维德的诗作称为"爱之百科

---

① 本段提到的多名神话人物已在译本中加注交代。

全书"。① 既是"百科",自然就更接近于"技艺",因此这里把诗篇的名字译为"爱的技巧"是恰当的。不过,如果这是纯然的技巧,则奥维德的诗作便无异于时下"如何交异性朋友"、"性的知识"之类的常识读物,这过了时的古代知识对于今天的读者便不会有多少吸引力。奥维德虽以"传授技巧"自居,而这却是通过艺术或借助艺术来传达的。哪怕是最常用的"技巧"(例如,赞美自己的对象),他都能娓娓道来,把你紧紧的攫住:

"如果你很想保持你情人的爱情,那你就要做到让她相信你在惊叹她的美丽。她身披提尔产的紫色外套吗?你便大赞提尔紫外套。她穿着科斯岛制的布料吗?你便认为科斯布料对她正合适。她金饰耀眼?你便说,她在你眼中,比黄金更宝贵。假如她选择毛皮,你便称赞说,她穿起来真好,假如她在你面前出现,只穿单衣,你便喊叫一声:'你撩起我的火焰!'再轻声的请求她,当心别冻坏了身子。她的头发简单分梳?你就把这种梳法夸赞。她头发用热铁卷曲过?你就应该说,你喜欢卷发。她跳舞的时候,你称赞她的手臂;她唱歌的时候,你欣赏她的嗓音;她停下来的时候,你便惋惜地说,她结束得太早。……"(《爱的技巧》卷二)

总而言之,奥维德传授的"技巧"是和艺术密切相连的,唯其如此,它的诗作才会那样历久不衰。

---

① 见 A.-F. SABOT 的 *OVIDE, POETE DE L'AVENIR DANS SES OEUVRES DE JEUNESSE*。

真情与假意

奥维德才刚刮了一两次胡子的时候，也就是十六七岁的光景吧，就写起情诗来了。他自感丘比特之箭留给他的灼痛，爱神始终占据着他的心胸。他推崇不牵涉任何交易的爱，而厌恶情爱中的买卖：

"请以毫无理性的动物为榜样吧：你看到禽兽的灵性比你更通情理，你会感到羞耻。

牝马不向雄马索取任何礼物；母牛不向公牛要什么东西；牡羊不靠赠物去吸引逗它欢心的雌羊。只有女人才乐于去剥夺男人；只有女人才出租自己的夜间时光；只有女人才把自己租赁出去。她出卖令两人都感到快乐、两人都想要的东西；她既得到了钱，还获得了享乐。爱神是令两个人都同样称心惬意的，为什么一个出卖，另一个购买呢？男人和女人协同动作而获得的感官之乐，为什么它令我破费而却使你得益呢？"（《恋情集》卷一）

然而，奥维德却不是那种一往情深、无私忘我的诗人，他更多的把爱情看作是一种技艺，能学可传。当他以传授者自居对读者进行说教的时候，就显得异常的冷静。而他所传授的技艺则充满着取巧的成份。且看他如何教人处理跟对方女仆的关系：

"一旦女仆在这风流案中有一半的份儿，她就不会成为告发者。翅膀粘上胶的鸟儿不能起飞；困在巨网中的野猪不易逃离；上钩受伤的鱼儿无法挣脱。你对你已经展开了进攻的人儿要步步紧逼，直到你取胜之后才好离开。但是,你可千万别暴露自己!如果你将自己和女仆的关系好好地隐藏起来,那么,你的情妇的一举一动便随时知晓。"(《爱的技巧》卷一)

诗人还鼓励求爱的人大胆起誓,不必担心受惩罚:

"请大胆地许诺;许诺能打动女子;你就拿所有神祇作为见证,借以证实你的诺言吧。朱庇特,高踞天上,笑看情人发假誓言;他命令风神的各路来风将誓词带走,把它吹得无影无踪。……"(同上)

甚至连床笫之欢,他也怂恿人家装假:

"即使是天性令其享受不到维纳斯之欢愉快感的人,你呀,你也要用冒充的声调,假装感受到这种甜蜜的欢乐。这个本该给男女都带来快乐的部位,在某些年轻妇女的身上却全无感觉,这种女子是多么的不幸啊!不过,可要注意,这种假装千万别显露出来。你的动作,你的眼神都要能瞒过我们!……"(《爱的技巧》卷二)

不管这"技巧"如何娴熟,谈爱的人虚情假意到这种程度,该是多么可怕啊!虽然奥维德这样写的时候,笔端也略带揶揄或嘲讽的调儿,让读者可以从中领略作者的一点幽默感,但总的说来,他还是以流露出洋洋自得的口吻居多。奥维德从旁说教的时候,可以说,他所写的多半是缺乏真情的爱;而他所津津乐道的"技巧",则不少是哄骗人的技巧。这位两千年前的古罗马爱情诗人,历代评论家曾给予他很多的盛誉,而他的诗作却极少被选进学校的教科书,究其原因，我想与此不无关系。

多情与薄情

我们的多情诗人，笔下自然也描绘不少忠贞不渝、刻骨铭心的爱情故事：狄多娜爱上特洛伊王埃涅阿斯，因后者不听挽留扬帆远去而失望自杀；海洛在灯塔上点火，指引晚间泗水渡海峡与之相会的情夫，一个暴风雨之夜，灯火被风吹灭，情夫不辨方向淹死，次日海浪把尸体冲到灯塔脚下，海洛在绝望中投海自尽；……诗人自己也一再强调，生活中离不开爱……

"'不必为爱而活着。'如果有神灵对我说这话，我是不会接受的，因为美人儿带给我们的痛苦也是甜蜜的呀！"（《恋情集》卷二）

然而，奥维德所说的爱情，更多的是飘忽无定、见异思迁之爱：

"一种完全满足、得之极易的爱情，我不久就会对之腻烦，它会使我不适，即如过甜的菜肴令胃部不受用一样。"（同上）

诗人可称得上是百花丛中的浪蝶，他不停地从此花采至彼花，在诗中还以大量的笔墨书写这种轻浮的感情：

"因为我没有力量也没有本领来控制自己的感情。我就像一叶小舟，随急速的水流而飘荡。

"激发我爱意的，并不是某一特定类型的美人儿。我爱恋不断的原因有千种百种。一名妇人羞怯的俯首低眉？我就为之动起激情,她的腼腆成为我掉进去的陷阱。另一名显示挑逗之意？她就吸引住我,因为她不是个新手,她令我想到,一旦在柔软的眠床上,她会显示出多姿的动态。第三名严肃有余,像萨宾女人那样一本正经？我就想,其实她巴不得去爱,只是深藏不露而已。你学问高深？我因你罕有的才能而倾倒。你一无所知？我因你的单纯而欣喜。……你呀,个子高大,活像古代的女英雄；凭你硕大的身躯,可以占满整张睡床。她呀,身材娇小,可以随意拨弄。二者都叫我入迷,大小都合我心意。你瞧这一个不施粉黛,我便想象：她打扮起来,可能更加美丽。另一个已经浓妆艳抹,她自然倍添魅力。肤色白皙的,吸引我；肤色透红的,吸引我；就是琥珀色的皮肤,也无损于行爱的乐趣。乌黑的秀发飘在白净如雪的颈项上吗？我就想起,丽达也是因她那头黑发而受赞赏。头发金黄？曙光女神就靠橘黄的秀发而取悦。总有某些方面令我动情。稚嫩之龄把我深深吸引；成熟之龄叫我动心。前者凭娇美的玉体而取胜,后者却有的是经验。总之,罗马城人们所欣赏的所有美人儿,我都贪婪地爱上,一个也不例外。"（同上）

另一处写的还更露骨：

"一两个情人,并不足够；许多情人,更有好处；这不大引起嫉妒；有经验的老狼就在羊群中吃饱。"（《恋情集》卷一）

你瞧,这叫什么爱情？这简直是对爱情的亵渎！诗人虽然也承认这属于"恶劣的品行",这种做法是"罪过行为",但笔锋之处,总流露出作者对这种卑劣情爱的谅解和赞赏。多情的诗人原来是个薄情郎。

无怪他在《爱的技巧》中一再教人家如何去掩饰自己的负心行为了。

神与人

如果我说奥维德是个神话诗人,这话一点也不为过。我粗略地统计了一下,就本译本的三部诗作中,奥维德提及的神话人物,就有300名左右。不过,在满篇神灵的诗作中,读者却感觉不到多少"神气"。

"或许神灵无非是个空名,我们只是无端地对他们敬畏,百姓的天真信奉才使神灵显赫逼人。"(《恋情集》卷三)

在奥维德的心目中,天上的神祇并没有什么超凡脱俗的地方,而是具有普通人一般的七情六欲。凡人的失误,凡人的痛苦和懊悔,他们无一不有。请看诗人叙述战神玛尔斯和维纳斯成奸、如何被维纳斯丈夫锻神伏尔甘巧捉的故事:

"我们来讲一个整个天上都熟知的故事,即关于玛尔斯和维纳斯的故事。由于伏尔甘的妙计,他们两人被当场抓获。玛尔斯战神狂恋着维纳斯,凶猛的战将成了俯首的求爱者。维纳斯对这位指挥战争的仙人并没有粗暴相对,也并非铁石心肠;因为没有任何女神比她更温柔的了。据说,这位爱开玩笑的女子,多次取笑丈夫的拐脚以及因火或因劳作而变得坚硬的双手!同时她还在玛尔斯面前模仿伏尔甘的动作。这在她身上倒十分好看,她的美色更添千般娇媚。开始时,他们两人通常都掩饰自己的幽会,他们的罪过情欲满含保留和羞耻。由于太阳神的揭露(谁逃得过太阳神的目光呢?),伏尔甘了解到妻子的行为。太阳神哪，你做出了一个多坏的榜样！你倒不如向维纳斯索取报酬。为了报答你的保密，她也会献给你一点什么的。伏尔甘在床的四周布下了令人觉察不到的大网。他的杰作肉眼是看不出来的。他装作要动身到利姆诺斯去。一对情人便来幽会，两个赤条条的，全落在大网之中。伏尔甘唤来诸神，给他们看看这一对被俘者所呈现的美妙形象。据说，维纳斯几乎忍不住流泪。两个情人无法遮住自己的脸容，甚至不能用手遮盖自己不愿别人看见的部位。"(《爱的技巧》卷二）

读者不难看出，奥维德笔下的神，其实是人，有着血肉之躯的活生生的人！

书之祸与人之祸

从上文的简略介绍中可以知道，奥维德诗作所歌唱的恋情并不全是纯洁无瑕的爱情。在古罗马时代，这样的诗篇给诗人惹祸，那是很自然的事。说到这里，我们不得不交代一下诗人所处的时代，以及诗作成书的时间。

公元前43年，奥维德生于罗马附近的小城苏尔莫的一个骑士阶层家庭。他成长的时候，血与火的年代已经过去，古罗马进入了鼎盛时期。年轻人再也没有投身战场建立军功的机会。而由于奥古斯都皇帝独揽大权，在政坛上建功立业的机会也不太多。唯有文学，它给了年轻人纵横驰骋的天地。奥维德自幼喜爱诗歌，虽则他父亲一再警告他，不得从事这种并无实际效益的事业，他还是全副身心投了进去，他的天才没有因此而受到抑制。

奥维德18岁左右开始写《恋情集》，10年后正式发表，当即获得巨大的成功。40岁左右，他的《爱的技巧》问世，为他赢得了普遍的赞誉。奥维德的诗作正是当时罗马战后生活的写照：奢华、逸乐、颓废，许多人沉浸在不健康的情爱追逐之中。他的诗篇显露出某些难得的鲜明特点：细腻的性心理描写；巧妙的寓意和对比；神话故事的发掘和妙用；奔腾直泻的酣畅笔调，如此等等。

然而，奥维德的诗作毕竟包含肤浅、庸俗甚至粗鄙的内容，因此他在受到赞扬的同时，亦招致某些人的严厉抨击和指责。人们批评他所写的主题，以及处理主题的方式。据说为了做出回应，他于公元二年（或三年）写出了《情伤良方》。就诗言诗，后一部作品比起前两部逊色多了。文笔的自然和诗句的活力都大大不如前者。其主要的弱点是受灵感驱使的分量减弱，很多时候，诗人尤其注意为自己辩解或洗刷。它往往把别人的批评视作是对他本人诗才的嫉妒。

"恼恨也罢，刻骨的嫉妒也罢，我早已名扬四海。只要我笔调不改，声名还会更为显赫。你太操之过急了。且让我多活一些时光，往后你还会受更大的嫉妒之苦。……而今我乘坐的快马只是在中途歇息而已。够了，无需与妒忌再多周旋，诗人啊，握紧手中的缰绳，在你自己定下的天地里驰骋吧。"（《情伤良方》）

公元八年，即《情伤良方》发表后几年，诗人突然被奥古斯都放逐到黑海东岸的托弥，当时那里还是一片蛮荒之地。

流放的原因是什么呢？历史学家对此有诸多不同的解释。其中一个通常的说法是：奥古斯都为了纠正战后一度泛滥的奢靡风气，建立新秩序，于是选了这位顶风而行的轻佻诗人开刀。但这种解释并非人人都信服。有史家说，放在当时的罗马社会来看，奥维德谈情说爱的诗歌，其实算不了什么伤风败俗之作。那时候的罗马，婚外的情爱乃至姘居，都几乎是合法的事。"一个已婚的男人，除了自家的妻室之外，可以有一名或多名情妇或姘头，谁也不觉得奇怪。"① 为什么偏偏奥维德的几篇诗作，竟惹此弥天大祸呢？

于是又有另一种说法：当时暗地里的宫廷斗争正烈，奥古斯都正大力逐一清除有可能危及其位置的人。奥维德与多方面的人士都有往来，掌握的"机密"太多，奥古斯都不得不把他清除出去。换言之，奥维德本人无非是宫廷斗争的牺牲品。所谓他的诗歌有伤风化，完全是表面的理由，是下毒手的借口。

那么，诗人的被放逐究竟是书之祸，抑或是人之祸，又或是二者兼而有之呢？我们这里就只好存疑了。

不管真正的原因是什么，诗人过了约10年的流放生活，终于以贫病之身客死他乡。他在流放期间仍然继续创作，苦难没有压倒诗人，他的诗才成了他自己的最大慰藉。他的故土要埋没这位天才诗人，而他的诗篇却在"蛮族"当中大受赞赏。

诗体与散文

诗人在《恋情集》的开篇中就写道：

"我本想把兵戎、战火写成庄重的诗句；前者宜于合律成诗，后者足与前者相比。据说，丘比特笑了起来，偷偷截掉了一个音步。"对于这句话，我加了如下的注释："写战争题材的史诗常用六音步的诗行，而情诗之类的抒情诗体则多用五音步诗行，故有此说。"

---

① OPHRYS 1976年版，第44页。

由此不难知道：奥维德诗作的原文是严格的格律体。为什么我（当然还有戴望舒）却译成了散文体呢？是贪图轻松？就我来说，抑或只是想步戴译的后尘？

我手头上也的确有一个诗体的法文译本，我拿它来与其他的散文体的法文译本对照读一下，发现诗体的译本为了照顾押韵和音顿，不乏削足适履或生硬充塞的地方。我还是赞成周良沛就戴译《爱经》所说的一番话：

"……从《爱经》现有的译文来看，我认为还是译成现在这样子好。否则，诗行中那么多典，那么多叙述、交代性的文字，仅仅分行书写，并不能使之诗化，诗人在译它时，是不会不考虑这些的。"①

戴望舒是"考虑到这些"才译成散文，或者只是根据散文体的法文本译出。我未作深究，不敢妄说。

就我来说，译成散文体，主要是从法文本所致。而且我认为，如果有谁真正熟谙古拉丁文，而且又能参考其他诗体译本，倒无妨尝试以诗体来译。我自己功力不逮，这项工作就只好留给他人去做了。在诗体译本尚未问世之前，就请读者暂时阅读我这个散文体译本吧。但愿你们不致感到味同嚼蜡！

注与译

上文提到，奥维德这三部诗作，光是涉及到的神话人物，就达300

---

① 见《爱经》的"新版前记"（花城出版社1993年版，第6页）。

名左右,加上地名以及其他典故,要注释的地方也就更多。古罗马的读者熟悉这些情况,也许一看便能捕捉到专名后面的意象或激发起丰富的联想。但对于中国普通读者而言,如不作任何交代,则他们势必如丈八金刚,摸不着头脑。不过,我考虑到,这是文学作品,而不是学术著作,注释太详,会令读者望而却步。因此,我采取了简注的办法,只限于如不加注,则读者有可能掌握不了的部分。有的人物,我甚至在行文中就把其身份点出来,省去文末的注释。例如:提及玛尔斯的时候,我写上"战神玛尔斯",提及奥罗拉的地方,我写上"曙光女神";遇到地名,是山,是河,是泉,我都在译名中点出,不必读者费猜想。

然而,即使这样,我加的注文,仍然达600条左右。不是我的"学识渊博",而是我受的诱惑太大,因为我手头的法译本,除了诗体本之外,都有极其详尽的注释,其中一套,注文达1250条,密麻麻的小字体印了80余页。这不消说,是人家的研究成果。我如照译,一则会牵涉到版权的问题,二则其中许多内容也不是我国一般读者所必需(例如引证古希腊文的出处),于是我就拿不同的注释对照参考,再查阅几本神话辞典,自撰简短的注文。我这里不敢掠他人之美,我得坦率地承认:如无法文译者所下的功夫,有些注释,我是无法去加的。写到这里,我不免对周良沛关于戴译的一段话产生了一点疑问:

"译者写了400多条注文,在这本译本中,占了全书很大一部分篇幅,注文涉及古罗马的历史、传说、神话及那时政治、风尚习俗,显示了译者渊博的学识和做学问的认真。光读这些注文,也大有收益。"①

---

① 见《爱经》的"新版前记"(花城出版社1993年版,第6页)。

既然周先生还说,"书也可能是根据法文转译的"。倘若果真如此,戴望舒大概不会不参考法译家的注释,如此一来,所谓"渊博的学识和做学问的认真"就势必要打折扣。因为,如果我尽量摘译或借用法译家的注释,要让注文占全书更大的篇幅,也并非难事。只是这样注来,读者是否会不耐烦,那就很难说了。

我这样提出疑问,并无贬抑前人的意思,而只是想还事物一个本来面目而已。尚希戴望舒诗歌的欣赏者(其实我自己也是其中一个)鉴我,谅我!

1997年元旦于广东外语外贸大学校园

〔原载香港《大公报》1997,1,28—2,4。因分期刊载,故注文列于分载的段落之后。后全文作为《爱经》(百花文艺出版社,1998)的译序。〕

《蒙田散文》译序

我偕小女迅余选译完《蒙田散文》之后,该为译本写个前言了。时下兴请名人题词作序,我们却无此非分之想,一则实在不谙接近名人的门径;二则总以为文章(或译文)能否流传久远,全靠其自身的质量,名人也帮不了多少忙;三则眼看目下一些名人的"序言",仓促成篇,脱离所序的作品,只发泛泛之议,未必能起多大的导读作用。这兴许是名人应酬太多,无暇细读原作之故。有鉴于此,就由我自己来写几句开篇的话吧。

我曾经说过:"蒙田作为16世纪后半叶的法国散文大家,他的名字在我国不算陌生。如果我仅用寥寥几笔去叙述他的生卒年月及生平大事,写了等于不写,因为《简明社会科学词典》《辞海》等书已有所说明,而《中国大百科全书》外国文学卷的介绍总会比我要写的详尽得多,读者径直去参考上述的工具书便可以了,我何必为此再花笔墨?但如果要展开阐述,一则篇幅不许,二则我自己缺乏研究,驾驭不了这个庞大的主题。"[①]既然如此,我这序言写点什么好呢?那就交代一下翻译过程中的一些考虑好了。

[①] 见《蒙田随笔》(梁宗岱、黄建华译,湖南人民出版社,1987年)中的《译者序言》。

书题

《试笔》的法文原名为 *Essais*，这个词儿含有"试验"、"尝试"、"试作"之意。随感式的散文冠以"Essais"的书名，就我所知，蒙田是第一人。目前一般以"蒙田随笔"、"蒙田随感录"或"蒙田散文集"译此书名。我国早年翻译蒙田作品的首推梁宗岱先生，《蒙田试笔》是其原拟的译名。我接手宗岱师续译蒙田部分作品时，出于从众的心理，还是采用了"蒙田随笔"的译法，但我已经指出，宗岱师以《试笔》译 *Essais*，其实是恰到好处的①。此次用《蒙田散文》译名，只因要与丛书的各本相统一之故。

蒙田从不把自己的作品看作是传世之作，他在《告读者》的开篇中就已指出：他写此书的目的是奉献给自己的亲友，以便他们日后能够重温他的为人和个性的一些特征，由此而获得对他更全面、更真切的了解。蒙田后来所引述的贺拉斯的诗句，我认为正反映了他本人的写作心境：

他像告诉知心朋友那样，
把秘密都倾注在写作上。
作品是他苦和乐的知己。
一生的境况都描绘出来，
犹如记在许愿的神牌上。（见《谈看待自己》）

---

① 见《蒙田随笔》（梁宗岱、黄建华译，湖南人民出版社，1987年）中的《译者序言》。

他在第三卷的第9章中更作了明确的交代:"我写此书只为少数人,而且不图留传久远。如果此书的题材足以耐久,那就应当使用一种较为稳定的语言"。(见《我的书》;"较为稳定的语言"指的是拉丁语。当时作为法兰西民族语的法语尚在形成时期,不少重要著作仍用拉丁文写成)。今天有人认为,蒙田关于写此书不是为了"赢得荣誉"的表白"有点矫情"。这种看法是否正确姑且不论,但蒙田不故作高深、不进行说教、不自我拔高的平和谦逊态度,总可以衬托出"试笔"的译名正接近作者的原意。

蒙田也不把自己的作品看作是定型之作,他总认为自己是在不断探索,不断尝试,也不断改变自己:

"即便就我自己所写的东西来说吧,我也有许多时候体会不出原先的想法。我不知道自己想说的是什么。我费神去修改一下,要放进一点新意思,因为已失掉原来更有价值的含义。

"我不断前进,复又折回,反反复复。我的思想总不能笔直前行,它飘忽无定,东游西串。

宛如大海上一叶扁舟,在狂怒的风暴中漂流。

——卡图卢斯"(见《飘忽无定》)

由此可见,蒙田呈现给读者的并不是周密的、前后一贯的思想。蒙田并不讳言:"我在这里利用各种机会尝试运用自己的判断力。倘若是我完全不熟悉的问题,我就试着去应用,像是远远探测徒步涉水渡河……"(见《尝试判断》)这些话都可以视作是"试笔"译名的恰当注脚。

选　集

　　既然1987年就已出了宗岱师和我合译的《蒙田随笔》选集，今天另起炉灶再出一个选集，是否有此必要呢？这得从原选集说起。87年的《蒙田随笔》分梁译与拙译两部分。梁译只涉及蒙田原书的第一卷，以全章（或一章的大部分）照译的居多，实在称不上是"选"。这是很自然的事：宗岱师原来要搞的是全译本，后来遇上"史无前例"的风暴，译稿才剩下残页片片。拙译部分确乎"选"了一番，而且每篇都较为简短。这样，两部分合起来就显得非常的不和谐。此外，文笔上的差异，译名的前后不一，注释的详略不同，等等，都给人这样的印象：这是一个临时凑成的合集，与严格的选集相去甚远。近年来，有十余家出版社推出了名称不一的外国名家散文集，其中蒙田的散文，大都从拙译的部分抽取，或许可以说明，拙译"选"的意味较浓，我心里一直在想，重新搞一个名副其实的选集，实在有此必要。承蒙浙江文艺出版社约稿，给了我认真去选一下的机会。此次的集子虽然仍由两个人执笔，但事前有了很好的商定，事后作了仔细的统一工作，可以称得上是浑然而为一体的。

　　那么我们是怎样去选的呢？办法很简单：根据原书各卷各章的顺序，依次选出，于各段之首冠以小标题，提示每段的内容。一部分小标题参考了法国选家的立题而定，另一部分从所选段落的文字摘取，前两方面都找不到合适的余下部分，那就只好由译者自撰了。

　　我们又按什么标准来定出选段或选文的呢？大体是这样考虑的：

　　1. 选较著名的段落；法国选家已选的，许多就成为这次选本的重要依据。

2. 选较贴近中国读者的内容；蒙田散文中不少涉及古人古事，我国读者无此文化背景，一般不好理解，而且也不会感兴趣，我们选时对此只好割爱。

3. 选定几章全章照译；如果全书都是选段，读者就会看不到蒙田作品中全章的面貌如何。因此我们每卷都有全章照选的，如第一卷的第8章《谈闲散》，第22章《此得益，则彼受损》，第53章《关于凯撒的一句话》；第二卷的第26章《大拇指》；第三卷的第3章《谈三种交往》。尽管我们选全章时尽量选简短的，但由于照顾各卷都有入选者，因此各章的长短有时差别极大，蒙田原文如此，只能从之。

4. 从前《蒙田随笔》已选过的，尽量不用；但个别段落实在太有代表性了，只容许极少量入选，而且凡选用的，都对照原文重新校阅过，这样，应不致有改头换面去赚取稿费之嫌吧。

浙江文艺出版社约稿的时候，不知道"译林"正要推出《蒙田随笔全集》，后来知道了，我曾告诉有关编辑打算中止选集的翻译工作，心里想，既然全集已出，何必再搞选集。编辑部则认为可以各搞各的，现在看来，不无道理。

1. 蒙田散文的分量不轻，全集共一百万字左右，其行文枝蔓丛生，飘忽无定，一般读者未必能抓住要领，我甚至怀疑，有多少读者能有勇气从头至尾去阅读一遍。正因为如此，选集就有可能起着一定的导读作用。

2. 就我所知，全集的翻译由多人执笔，也存在我第一本选集那种几个方面不统一的问题，这样，一本文风前后一贯的选集，自有其单独存在的价值。

大凡文学名家的作品，只要不是粗制滥造的抢译或厚颜无耻的剽窃，多出一两个不同的译本是无妨的。全集与选集并存可供读者比较借鉴。如果读者读完选集还不满足，进而想窥其全豹，岂不更好？

译　文

　　本选集曾参考八个原文版本（其中四个为全文本，三个为选本，一个为英文译本）而定，分段及注释的处理亦然；遇到各版本不一致的地方，就按个人的认识，择善而从之。由于蒙田散文是16世纪的文字，有些地方分段太少，眉目不清，我们便按今文的要求，作了分段的处理。如果原作者还在，这样做，我想他是会赞同的，因为文学译品的最大目标归根结底是向广大读者传达原作的精神。

　　蒙田在行文中引述古诗不少，这些古诗绝大部分原文为拉丁文，而今人的版本又都附了法文的译文或注释，这些文字各个版本有时不尽相同，我们只能按自己的见识，择认为最佳者作为翻译的依据。既是古诗，我们也尽可能用格律体来译，使其多显一些古朴之气，在这方面，由于水平有限，我们是颇费了一些功夫的。请看两个小译例：

　　　　　　　他看到，维生的必需，
　　　　　　　世人几乎都有了保障，
　　　　　　　有人享尽了荣华富贵，
　　　　　　　还因儿女声誉而增光。
　　　　　　　可众人依然心烦意乱，
　　　　　　　连声抱怨，充满忧伤。
　　　　　　　他明白全坏在容器上，

器皿肮脏，盛物变质，

哪怕你灌进玉液琼浆。（见《关于凯撒的一句话》）

爱国爱国，爱其现状：

国为王国，则爱王权；

寡头统治，民主管理，

爱无分别，既生于斯。（见《恶去不一定意味着善来》）

后一首小诗，有一个译本的译文是这样的：

照国家的原样爱国家吧：

是王国，就爱君主政体；

少数人统治，或共同管辖

都必爱，因是上帝创造了它。

译诗至难，上面两首，孰优孰劣，见仁见智，我作为译者之一，更不便发表议论。但后一首的后半句"因是上帝创造了它"，显然是译错了。请看法语原文："car Dieu t'y a faict naistre"（古法语的拼写法），直译起来就是："因为上帝使你生在这里"。我举这个小例子并没有表示自己译得比别人高明之意（译文某个地方出一点小错，在所难免），而是想说明：译得像诗而又不脱离原文，我们虽费了一番斟酌，但却未必尽如人意。

本集子专名的翻译尽可能统一，有定译的，不再自译。专名第一次出现时加简要的脚注，以有利于理解原文为限，不旁及其他。再次出现时则不另加注，但书末附上按汉语拼音顺序排列的专名注释一览表，以便于读者查对。原文为拉丁文的古诗，我们也只在第一处交待其原文的文字，下文就不再重复交代，以期节省篇幅。

（《蒙田散文》，蒙田著，黄建华、黄迅余译，浙江文艺出版社，2000年版）

《沉思录》译序

我们发现，自2007年末以来，英文版的《中国日报》《广州日报》、凤凰卫视等等众多媒体纷纷介绍《沉思录》及其作者。这是一本怎样的书，作者又是什么人，经过主流媒体的大力宣传，一般读者，都不会太陌生的了。在这短短的译序中，我想，与其写一些"一作者生平、二内容简介"之类的老套文字，倒不如认真交代一下翻译的情况吧。

本书首先是由杨尚英老师动手翻译的。她所根据的是两个英译本：一个是乔治·朗（George Long）的，收进"Great Books of the Western World"（《西方世界名著》丛书）中；另一个是多伦多大学教授格鲁伯（G. M. A. Grube）的。前一位译者是19世纪西方古籍的著名译家，1862年便译出《沉思录》，后一位译者是现代人，他的译著1963年出版。杨尚英发现两种英译文有些地方差别甚大，有时不免有无所适从之感。随后，我也参与译事。我凭从前译《爱经》的经验，采取了这样的做法：广泛地搜集有关的各种版本和译本，比对参照，择善而从之。我之所以这样做主要出于如下的考虑：《沉思录》也和《爱经》一样，最早是用古文字写成的（前者用古希腊文，后者用古拉丁文），要译书，当然最好从原文着手，而我和杨老师都不懂古希腊语，于是二手翻译便成了不得已而为之的事。不过，该书如果只有一种英译文，那也好办，紧紧从之即可。但却偏偏不止一种，如何解决这取舍之难呢？

我在《爱经》的《译者前言》中，曾经这样写道："绝不敢随便抓到一本，便率尔移译。"因为我知道，像这样的西方古籍，研究者众，译家也不少,而古文字往往有令人难懂之处,加之古本时有缺文、误植等情况,再加上考证功夫的深浅不一,各家理解的不同,因此各译本出入极大,那是常见的事。有了这样的认识,便坚定了广为搜集的决心。除了上面提到两种英译本之外,我们还搜求到乔治·朗的早期加注的单行版本,默克·卡索邦(Meric Casaubon)的1906年的英译本,法夸尔森(A. S. L. Farquharson)等人的1998年再版英译本。书桌前有了这5种英译版本,翻译起来,应该可以不囿于一家之见了。然而我却意犹未尽,继续扩大搜求范围,干脆连法译本也纳入收罗之列。为什么要这样做呢?

我是有深一层的考虑的:西方文化,20世纪以前,法国的影响巨大,不少古籍,法国人先译成法文,后来才有英文及其他西方文字的译本的(《爱经》的情况便是这样);法文译本反映了法国人在这方面的研究成果,有不可忽视的参考价值。于是我又找到了3种法译本,译者分别是:皮埃龙(Alexis Pierron)、勒米·圣-伊莱尔(J. Barthélémy Saint-Hilaire)、默尼耶(Mario Meunier)。那么,从英法两种文字的8个译本的比较阅读中,我们发现了什么问题呢? 大体有三:

1. 段落的划分不一。《沉思录》的大段落是标数字的,但数字后的文字,各本未尽相同;大段落中有些版本再分小段落,大多数版本就不再划分;标示的数字有放在段落之首,有另占一行的,有用阿拉伯数字,也有用罗马数字的。不标数字的版本,我们还未见到,《沉思录》的各段时有彼此关联、需要回应的地方,如取消数字,标示的回应就会落空。

2. 各本有不少地方出入极大:文字的详略,措辞的强弱,句式的长短,用语的虚实,等等,多有不同之处,而理解上的差别,也不时可见,甚至有的意思完全相反。至于用词差异更是比比皆是,例如《沉思录》的英译名有用"The Thoughts",也有用"The Meditations"或"His Meditations"的。即如,我们的中译名,也有用《自省录》的一样。

3. 注释的内容不同，加注的地方不一，侧重点迥异；有的注重语词的考证，有的重视思想的阐释。短的三言两语，长的与原文相当，甚至超过原文。

面对以上的种种差别，我们如何处理呢？大致的思路是这样的：

1. 严格遵守译者的职业操守，译员只是个"传言人"，虽有多个译本参考，但绝不容许扩大"自由度"，随意"添油加醋"，也就是说，我们译文的原语版本，虽非一个，但必有所本，连段落的划分也是这样。

2. 在英法的诸译文中，我们只能从其一，但不被我们采用的，不等于该译者的理解就绝对不能成立，而只是表明：现时采用的，是新译者的最喜爱。

3. 各本的一般差异之处俯拾即是，我们只能略过不提，但遇到意思彼此扞格的地方则仍然注出，以便读者获得"兼听则明"的好处。

4. 英法各译本的注释累加起来，篇幅甚大，我们据此加注，虽游刃有余，但考虑到本译本面向普通读者，文末注释过长只会令人生厌，因而尽量从简。凡参考英法译家的注释，我们不再标明，我们自己写的注释则标上"译者"的字样，以示区别。

应当说明，我们这个译本并不是《沉思录》的中文首译本，但我们认为，仍有它独立存在的价值，因为它是采纳英法几位译家之长而译成的。我们反对时下有些重译本的做法：在别人译文的基础上稍加改动，便作为新译推出。那样的做法迹近剽窃，为我们所不取。我们的愿望是，为读者提供一个可读性较佳的译本；但时间仓促，加之水平所限，做得怎么样，只有留待读者和专家评判了。但愿本书可以再版，我们能有一个进一步完善译文的机会。

2008年6月于广外校园

《古堡奇情》译序

乔治·桑在其著名小说《莱莉亚》(1833年)中写道:"何处没有爱情,也就没有女人。"这句话似乎说反了,但其实深藏着真理。的确,没有爱情或不曾经历爱情的女子,是说不上能够充分体现女性内涵的。乔治·桑就是一个多次卷进情爱旋涡的女子,她写下了许多感人的爱情小说,如《安蒂亚娜》(1832年)、《莫普拉》(1837年)、《魔沼》(1846年)、《小法岱特》(1849年)等。而《独舍地古堡》也是其中的一部,而且还是重要的一部。很可惜,就我所知,国内至今尚未见有人将它翻译出来。《中国大百科全书》的《外国文学》卷中收了"乔治·桑"条目,介绍其生平和创作,篇幅几乎占两栏,列举她的作品不少,可偏偏就是只字没提《独舍地古堡》。这是相当奇怪的。翻开法国人所著的三大卷本《法语文学辞典》(*Dictionnaire des littératures de la langue française*, Bordas, Paris, 1984),在其"George Sand"(乔治·桑)条目中,*Le Château des Désertes*(《古堡奇情》,可直译为《独舍地古堡》)的专题介绍赫然在目,其文字所占的篇幅比起《魔沼》还足足多了三行。《魔沼》很早就有了中译本,我们许多人都知道乔治·桑这部名著。当然,在乔治·桑的创作成果中,《魔沼》占了不容忽视的地位。但《古堡奇情》也不是无足轻重之作。在法国人眼里,如果不说它超过、也起码是不亚于《魔沼》的。我们对它的遗忘实在说不过去。有鉴于此,我和秀梅便不揣浅陋,尝试把它介绍到中国来。好在这只是个中篇,费时不多,两人通力合作,就做了它的首译者。

《古堡奇情》写于1847年,1851年才正式出版,其间经历了1848

年的法国革命之故。这段时间,乔治·桑已进入创作的成熟阶段。《古堡奇情》也是她一系列的"田园小说"之一。它里面写了些什么呢?我这里不想给读者端出一个"故事梗概"。因为那会像抽掉了血肉的美人,只剩下虚有其轮廓的骨骼。这不但不能吸引你去亲近"她",反为会败坏你去解读"她"的兴趣。我只想说的是:请你开卷吧,细细地读下去,"她"会慢慢而又牢牢把你攫住的;这是爱情与艺术交融的诗篇,会使你领略爱情的美妙和给你传达艺术、尤其是戏剧艺术的真谛。

这里我只想说说这本小说译名,它似乎有点古怪。"Le Château"译为"古堡",毋庸争议。"des Désertes"中的"Désertes"大写,应是个专名。按理说,照音直译即可。可"déserte"作为阴性形容词,则有"僻静"之意,而其阳性名词,则是"荒芜之地"。我们忖度,作者用这个词作为古堡之名,想必是含义相关。的确,小说中的这个古堡,孤零零地独处一方,周围别无其他房舍,而其中的"怪事",就在古堡里发生。从第7章的"樱桃色花结子",到第8章的"巫魔夜会",再到第9章的"石头人像",一步一步引你接近和深入古堡,你料想不到的情节便在那儿逐步展开。纯粹将"Désertes"一词音译,我国读者就会不解其中奥妙,意译为"荒漠古堡",又恐直露甚而是曲解作者的本意,因为法语词典里并没有"déserte"的阴性名词。于是我们也来个"音义相关"的办法,"独舍地"可以说是音译,因为它和"Désertes"的发音相近。但你从其含义去揣测亦无不可,因为那儿的确"独此一官舍"。译名之议想必读者不会感兴趣。那么还是请读者早点进入这引人入胜的"独舍地"吧。这里面有你揣测不到的情节,因而我们用了《古堡奇情》作为本书封面的书名,而在扉页上仍然保留接近于直译的译法。既已作了交待,我想读者就不会误以为我们故意曲解原文了。

为国外著作写的"序言"往往有个老三段:一作者生平,二作品简介,三写序人的见解或感想,或有时前后次序略为颠倒一下。"作品简介",刚才我已经故意跳过;要不要介绍乔治·桑这位女作家的生平呢?我想也是不必要的吧。这位女权主义的倡导者和实践者,中国人对她并不陌生。从《中国大百科全书》到《辞海》,再到一般的文学辞典或作家辞典,对她都有较为详细的介绍,如果我写得简略,写了等于不写;如果我写得太细,那又不是一般读者的必需,多占篇幅,徒然增加读者的负担。还是请读者自行查阅随手可得的工具书吧。

有一点,这里似乎是要交待一下的。那就是,作为作家,乔治·桑的文笔究竟怎么样呢?在法国,这方面是有争议的。有人认为她写得太多,像一头"会产文字的母牛"。这样,她笔下的作品自然就良莠不齐。但有人认为,她行文挥洒自如,绝无斧凿、板滞之弊。同时代的勒南(Renan,1823—1892,法国著名哲学家、作家)对乔治·桑更是盛赞不已。他说:"桑夫人是这个时代最伟大的艺术家,具有最真实的才能……。我所说的真实,不是指现实主义。"勒南还说:"300年后人们还会读桑夫人的作品。"①乔治·桑别的小说,我们无法作出品评,但就这部《独舍地古堡》来说,是写得自然流畅的。只恐我们的译笔,未能尽传原作的神韵。

明年(2004年7月1日)就是乔治·桑200周年诞辰纪念了。我们相信,《古堡奇情》和乔治·桑其他著名小说一样,也是她的传世之作。人们通过这本新译作,会更多地认识和欣赏这位风靡一时的女作家。

2003年元旦写于广外大校园

(《古堡奇情》,乔治·桑著,余秀梅、黄建华译,海南出版社,2012版)

---

① Francine Mallet: *George Sand*, Editions Bernard Grasset, 1976, pp. 266-267.

《图像的生与死》译序

　　从前的译者写序,一般都跳不过介绍原书作者这道"坎儿",而且看来交代得越详细越好。这有助于读者了解写书人的背景嘛。而互联网如此发达的今天,这道"工序"似乎可以免去,起码不必弄到巨细无遗的程度。就拿本书的作者雷吉斯·德布雷来说吧,您只须点击"百度",马上就知道:他是法国人,1940年9月2日出生于巴黎,早年曾赴古巴、玻利维亚,同情切·格瓦拉的革命活动。他的身份为作家、媒介学家、思想家(或哲学家)。1996年创办期刊《媒介学手册》(*Cahiers de médiologie*)。2010年曾应邀来华讲学,作过"知识分子与权力"的专题演讲,引起相当程度的反响。他的著作已译成中文的有两种:《100名画〈旧约〉》《100名画〈新约〉》,如此等等。对于普通的中国读者来说,我想"百度"提供的信息,应该是足够的了。但如果您还想了解更多,那得进入法国网站,那里面的介绍至为详尽。译者的所长,是能读懂原文,把法语信息翻译过来,填补中文信息之不足,并非难事。不过转念一想,这有此必要吗?当今已进入信息社会的时代,垃圾信息正泛滥成灾,再制造些可有可无的冗余信息,表面看来可显示译者的见识广博,但其实增加本书的篇幅,也加重读者的经济负担,那又何必多此一举呢?还是直奔主题吧:谈谈这是一本怎样的书。

　　译者首先接触原著,读后总有一点的印象和感想,趁此机会向读者传达一下,或许算是个义务吧。本书原是作者在巴黎一大取得博士学位的博士论文。可以说是一部通过分析图像及其传播手段而建立的西方思想史，他在书中第一次解释了他所创设的一门新学科："媒介学"。全书共分十二章，目录上的章节标题已交代得一清二楚，毋庸译者赘述。但本书的目录有一个特点：除了重复书中的章节标题之外，每一标题之后还附上一两句简单的话语，提示本节的内容。因而读者纵览目录，便大约可知全书的梗概。作为本书的先行读者，译者最留心的不是其内容如何、或架构怎样，而是它有什么令人耳目一新的东西或是能够给我国读者什么启发。

首先抓住译者的观点是："图像源于丧葬"，正是为了延续死者的"生命"，才制作出雕像、塑像、画像等一系列的图像。将珍爱的易朽的对象永远保存下来，这是人类的普遍要求。图像正是适应这种要求的产物。作者举了大量西方墓葬的例子，条分缕析，令人信服。他还论述了图像与宗教的密切关系，准确地认定："图像的目的原在于拉近人和超自然的距离"。

其次，作者指出"图像的威力"，而且认为，到了视像时代的今天，掌握图像制作的权力尤为重要。作者说："如今，铸币，就是制作图像。有多少国家即便维持不住原来的特权，但起码还保持着传播能力呢？"的确，当金钱的主宰慢慢减退的时候，想象空间的主宰显得特别重要。作者还说道："经济上举足轻重的地位若要化为政治上的霸权，那略微的高超之处就在于一方面有随时可用的军事力量，另一方面有整套的图像装备。"

为此，作者对今天因图像的控制和传播而造成差距和不公表示深深的反感。作者说："十个人里有九个是透过亚特兰大和好莱坞向他们提供的图像去观察生活的。各处人们接受来自美国人的配音或配字幕的图像，但美国人在自家却受不了来自别处的任何一幅配字幕的图像。"作者还尖锐指出："电视生来就是美籍的，它吞噬一切……"作者发现,在口头文化向书面文化过渡的阶段,一国强势的语言逐渐统一国内的方言土语。如今,世界进入视觉文化的阶段,"世界上各种目光的统一"正向前迈进。"……各国发现自身的眼光被剥夺,都以美国的眼睛看世界。"

然而,这种"统一"是否开阔了人们对世界的视野呢?作者给予了否定的回答。他认为,从前是"极小的空间里极大的多样性",如今是"极广的空间里极少的多样性"。甚至连美国人也未必享受到此种"统一"的好处。尽管全球每天有10亿以上的人口依据美联社的报道去对世界大事进行价值判断。"不过,世界上电视最普及的国民——美国人,却又是最为乡土闭塞、最关注自身、最后是对外部世界了解最少的,这难道是个偶然吗?"作者的反问可谓一语中的。

再者,作者从不同角度论述了视像的不可靠(或其"客观性"是有限度的)。他所举的理由大体有如下几点:第一,镜头的背后是操作的人,"连自动摄像机都是由人的意愿去安放、启动和关停的。"因此,要展示什么,无视什么,都透露出操纵者的主观性。第二,视像的镜头往往是一面看的。作者以交战的双方为例,视像的传播常常源自占优势的一方。他又以警察与小偷为例:"视像运作只在警察一方,小偷是没有视角的。"第三,视像无法反映抽象的东西,诸如自由、平等、正义、人类、资本等说法"从技术角度说"是上不了屏幕的,要不,就只会弄得非驴非马、令人啼笑皆非。

最后,令译者印象尤为深刻的是,作者凭敏锐的观察、以辩证的观点论述了视像时代一系列亦是亦非的正反命题:"电视为民主服务","电视祸害民主";"电视向世界开放","电视遮蔽了世界";"电视是绝佳的储存器","电视是有害的过滤器";"电视是真相的操作者","电视是假象的制作工场";如此等等。读后令人不禁掩卷深思。

总之，本书有不少地方闪烁着思想的光芒，尽管作者某些观点我们未必完全同意，其中一些论据也未必十分周全，但依然不失为一本能增长知识、启发思考的好读物。译者的以上所见、所感，兴许是一孔之见，还是赶快打住"饶舌"，请读者自己开卷吧。

临末，回到译者的本行，谈谈本书的译事。本已自知才疏学浅，动起手来，更有捉襟见肘的深切感觉。原作者可谓是学富五车，旁征博引，对考古、宗教、绘画、雕塑等的种种典故、知识津津乐道，"掉起书袋"来那得意神情，似可窥见。可苦了译者！书中大量在西方文化人眼里平平常常的专名或文化常识，对中国读者是相当生分的，加注还是不加注，这就成了问题。最终的选择是附上外文原名，适量有限加注，否则译注的篇幅恐怕可达原著的数倍之多。有的时候索性将本欲加注的专名借译文显示出来，如原文31页："…et ce n'est pas en vain qu'Hésiode fait d'Hypnos le frère cadet de Thanatos"，干脆译为："因此希腊诗人赫西奥德（Hésiode）把梦神希普诺斯（Hypnos）表现为死神塔那托斯（Thanatos）的弟弟，并非无缘无故。"又如："……但此处悲情与酒神狄俄尼索斯（Dionysos）的关系比与农神萨顿（Saturne）的关系更为密切。"也是这样处理。既然许多专名都附了原文，为了节省篇幅，很多时候，我们只译姓而不译名，对较为熟悉的人物，更是如此，例如Anatole France，我们就按习惯就译为"法朗士"。

读过原文的人士都会知道，本书的行文自成一格：使用大量的无动词句，断句常常不循一般的习惯；插入语颇多，不少言外之意；时而褒扬，时而贬损，时而驳斥，时而挖苦，有时还顺着别人的思路一直往下写，最后回过头来倒"将一军"；所以读时可得小心，更不可轻易引用，否则真应了"断章取义"之说。译者体验到了挣脱原文的痛苦，当然也感受到译成交稿的喜悦。借着译书的过程，查阅了许多书籍和绘画,实在也是赏心悦目的一大幸事。但愿我们不成熟的译作能有助于中国读者加深对西方文化的了解。

(《图像的生与死》,〔法〕雷吉斯·德布雷著,黄迅余、黄建华译,华东师范大学出版社,2014年版)

《碧丽蒂斯之歌》新译本序

《碧丽蒂斯之歌》是部法语散文诗集,成书于1895年,约一个世纪之前就有了第一个中文译本。如果原作者(皮埃尔·路易)不是假托译自古希腊女诗人的作品,在法国一度引起揣测和争议;如果我国第一位译者(象征派诗人李金发)不曾被误导,以为真个是古希腊之作而招致周作人等的质疑、论辩;这本诗集也许在国内外就不会产生这么大的影响。

这本集子既然是个人创作,反映的是作者的思想感情,与古籍的翻译无关,诗人为了掩饰其伪托而布下的"考据"或"异文"的迷雾,我们就没有必要太认真去看待了。因此我们这个新译本"就诗译诗",着重彰显其艺术表现,而尽量略去那种属"障眼法"之类的花哨(例如古希腊用语的诠释)。我们的注释只以有助于理解行文为度。不作加重读者负担的旁征博引。我们就专注于欣赏诗人的爱美之心、对情爱的幻梦以及对古代文明的景仰情怀吧。

作者是出生于比利时的法国作家皮埃尔·路易(Pierre Louÿs,1870—1925),在世时已享有盛名。《碧丽蒂斯之歌》曾再版多次,也曾搬上舞台、拍成电影。有好几个知名的画家都曾为这本诗集插图。我们选择其中一些,附于本译本中,以期令读者增加鉴赏的兴趣。

本书并非首译,自然会有人产生疑问:它比起已有的译本如何?新译者不便"老王卖瓜",再说,新译比旧译略高一筹,也是很自然的事,因为是站在前人肩上的缘故。我们只希望有兴趣或有方便的读者能拿前译对照一下。如果他们认为新译者没有白费功夫,我们就感到十分欣慰了。

(《碧丽蒂斯之歌》,皮埃尔·路易著,黄建华、余秀梅译,华东师范大学出版社,2015年版)

第三辑　记忆筛子里的余留

记忆筛子里留下来的真

开篇的话

　　主编来电话说,现已约我省的一些名人写点回忆在干校的日子的文章,说是为这段历史留下一点记录。我也在被约之列。我跟主编说,我不是名人,没有什么好写的。主编答道,随便写点什么都行,你不写自己,也可以写写身边的老师嘛,如梁宗岱,如……。总而言之,还是希望我动笔。

　　美意难却,而"奉命"之作,却不易着墨。写别人吧,即便"斯人已逝",可家属犹存,记叙得不准确(或虽准确而不合人家的心意),说不定惹来麻烦,或引起对方的不快。考虑再三,还是说说自己吧。不过,"文革"期间,我既不是大学里的党政要员,也不是学术权威,更不是某个造反派的头头,而是地地道道无足轻重的普通教师,没挨过斗或受过管制,也没有出头露面去斗过人;那时候或进或退,或劳或息,全都是随大流的行为,一切都那么平庸无奇,我的点滴回忆就只能是一个平凡人的琐碎记录了。

书的命运

　　去干校前听了动员报告,说是要做好思想准备:扎根农村一辈子。

户口已经迁移，家属也准备成行，那半屋子的书，怎么办呢？有人干脆得很，用小手车通通推到收购站卖掉。我嘛，"觉悟"未到这个程度，反复揣度，总不能相信，我国还存在大量文盲，就用不着我们那点儿书本知识？

领低工资过来的人，家里数不上有几件值钱的东西，心目中唯一最珍贵的，就是多年积下来的那几本书了。现在要和它们告别，怎么能不产生难舍难分之感？于是我决定暗自留它一手，分作四部分去处理：一部分实在用不着，预计将来也不会用的，就随大流堂而皇之把它卖掉，以示下放改造的"铁一般的决心"；另一部分可能会惹祸上身的（连同一叠旧书稿以及十几本从初中就开始写的日记）拿回父母家存放；再一部分估计无碍而自己又珍爱的，随行带备，劳动之余可慰对书籍的饥渴之念；最后一部分目前用不上但也舍不得处理的，就留在校里，让它们听任命运的摆布。

卖掉的，弃之而不可惜；存放父母家的都是自己"贼心不死"要保存下来的东西，我为它们找了个至为安全的去处：老家是工人之家，属"红五类"之列，谁也不会去找其麻烦的。带在身旁的自不必说，天天看见，感到内心舒慰。倒是留校的那部分，少不免牵肠挂肚，如别心爱的亲人。

那场席卷中华大地的"下放改造"之风过后，回到了原来的位置。心中暗暗庆幸，多年珍藏的书，一本不失：带在身旁的，完好无缺；留在校里的，除尘封之外，故貌依然；我只待回老家取回最珍爱的那部分了。当时，情况尚未太明朗，因而我也不急于去取。反正放在"保险箱"里，早一点取、晚一点取，还不是一个样？

有一天，回到家里，终于向父亲开口，要拿回存放的那箱书籍。父亲开始支吾以对，说不急用就先放着吧，省得搬箱挪柜，弄得家里乱乱的。父亲说这话时，神色有点不自然。我不禁疑窦顿生。

"我自己来搬吧，过后我会把搬动的东西放回原处，收拾好的。"

父亲眼看躲不过我的追问，只好直说：

"你的那箱书我处理了。"

"处理了!? 怎么处理的?"

"卖掉了。"

"哎呀，那箱东西怎么能卖呢？许多是我写的，里面还有一大捆日记！要卖，我还用得着存放在你处吗？你怎么不通知我一声呢？唉，我真该死，没想到你会拿去换钱。那些东西能换几个钱！"我一边说，气得一边顿足，几乎要哭出声来。

他见我气成这个样子，自己也不好受。于是向我道出真相：原来他并没有把我的书稿和日记卖掉，而是分了好几批，一页一页撕来烧掉的。他说，他虽然不大懂，但看到到处都在"破四旧"、抓反动的东西，不知我的书是啥内容，尤其是那一大批手写的东西，更叫他担心。他这样做，全都是为我好，招来杀身之祸那可就晚了……

面对老爸爸的诚恳解释，眼看着他那无可奈何的神态，我又能说些什么呢。我只有深悔自己的失算。

就这样，我最珍贵的，认为最"保险"的，而且是无法复得的那部分，就因为"下放改造"而彻底地被"改"掉了。

打那以后，我再也提不起劲儿写日记，这也许就是"改造"的效果吧？

想着A. B. C

在干校里除了劳动之外，也少不了政治学习，读报纸、读语录、读毛著、读马列原著……，就唯独专业书是摸不得的，"坚持走白专道路，留恋旧生活"的大帽子送过来，你可受不了。

但要我放弃专业，又实在舍不得。怎么办呢？我是学外语出身的，起码不要因为拿锄头而忘了 A. B. C 才好。当时流传有"锄头锄不出 A. B. C"之说，这其实是一句实事求是的话，可这话就受到严厉的批判：不好好改造，却一心想着 A. B. C！

然而我想 A. B. C，倒想到了一个政治与外语兼顾的两全之策：读语录吧，看一条中文，就看一条外文，捧着的是汉语，默诵的是外语。读马列著作吧，拿着外文来对照，说是为了弄清某些关键的词语（事实也的确如此，有些东西光读中译文迷迷糊糊，一看外文反倒明白了）。这样一来，反正谁也不好说什么，认真学习"政治"嘛。

学习外语的人都知道，不看，不听，不说，用不着多长的时间就忘记得差不多了。幸而我在这"劳动和改造"的场所，还是想到了这对抗"遗忘"的方法。后来"重操旧业"时，总算可以勉强接上来。

再下放

干校终究还是个"知识分子成堆的地方"，劳动活虽然不轻，但还是可以接受的，大家都从拿笔杆转拿锄头，彼此彼此嘛。

然而，还有另一个考验，那是相当难挨的。记得在粤北连平的干校里，还要分期分批到农村去三同三个月，期满后，由生产队作出评语，以鉴定"劳动改造"的效果。

我去乡村的时候，正值农闲时分，地里也没有什么农活。农民们就集体上山砍柴以为生计。

早上我的三同户，煮了几斤红薯，灌上一竹筒子的茶水。他邀我吃几条红薯算是早餐，然后领我挑着空担子随大队上山。走上了十几里地才到达可以砍柴的山头。到目的地后，就开始抡刀砍伐。每人所挑的量有限，一下子就砍足了分量。各人弄好了自己的挑担，已是日当正午。我自己动作慢，柴刀好像不听使唤似的。我那一担子，靠的是三同户的帮忙才弄好。

一切都收拾停当，农民们便相邀躲进树荫，打开带备的午餐（几条煮熟的红薯），大口大口地吃了起来。进罢午餐，大家仍没有归意。像是不约而同似的，各自选择一块阴凉的地方，打起午盹来了。我平时习惯午睡，这时却丝毫没有睡意，望着自己那担柴火，不免发愁起来。虽然我那担的分量大概只及人家的一半，可起码也有百把斤，路程那么长，我能挑得回去吗？

起程了，我挑着担儿踉踉跄跄的，随着小队伍在山间小径走着，一会儿就气喘吁吁，觉得担子愈来愈重。三同户见我落在后边，便停下来等候。待我赶上时，他叫我停着，一声不响把我那担柴火的几乎一半加到他自己那担上。分量减少到不成样子，可是我挑起来还是摇摇晃晃，实在不好意思。快到村头了，三同户再度叫我停下来，把他拿过去的那部分再还给我，然后我们再一起进入村里。他的用意很明白：为的是免得我在众人面前难堪。

经过三同户最初的暗中相助，两三个月下来，我也有了长进，总算能体面地挑回和自己身份相称的那部分，顺利地跟上农民砍柴队伍的步伐。

从干校再度下放期满，不消说我得到的评语是好的。我从心里感激这个帮我渡过难关的话语不多的庄稼汉子。

毛主席的"好老师"

在干校里，我们这些"臭老九"自然要抓紧机会接受附近农民的再教育。记不清是什么场合了,大概是帮助生产队抢收抢种吧,任务完成得比较好,贫下中农十分满意,给我们写来了感谢信,这封信还要转报给我们的上级,信末有一句概括的话:"你们不愧是毛主席的好老师"。

这本来是一句套话:"当毛主席的好战士","做毛主席的好学生",那时候许多人是经常挂在口头上的。我们是当老师的,农民把这话套过来,那是很自然的事。可是我们这些知识分子,也许是太敏感的缘故吧,听了这话都十分不安。当毛主席的老师,谁有这个豹子胆,当场就有人提议把这话改掉。获得这样的"感谢信"上报,对于我们这些"臭知识分子"来说,已经是受宠若惊,我们真不想为"老师"一词而担惊受怕。如果因此两字而闯下大祸,那够我们一生消受的。

几个人不约而同地说:改,改,改!改什么好呢?大家斟酌再三:还是把老师改为学生吧。就这样,我们自觉地响应了"先当学生,后当老师"的教导。

顺便结婚

干校既是"劳动改造"场所,也是"阶级斗争"进行得如火如荼的地方,即便是"革命群众"也不得轻易请假下火线的。我认识的某君,当时已经是大龄青年,婚期已一拖再拖,曾经试图请假回城把婚事办了,但一再遭到拒绝,只好强忍"牛郎织女"相思之苦。有一天,机会终于出现了。领导交代他进城办事,购置一些农具和日常用品。这是个大好时机,他向领导递上请假条,我还记得这条子的大意:

尊敬的XX领导:

感谢组织的信任,派我到城里办事。我准备趁出差的机会在城里多逗留两天,与家乡来此地的亲友相聚,并顺便结婚。望予特准。

  此致

敬礼!

这"顺便结婚",后来传为佳话。"无心插柳",结下了美满的果实,今天儿女已经长大成人了。当时不趁"顺便",恐怕是不易结成婚的吧。

敬而远之

  我们干校的住地是临时搭建的土泥屋,里面放了一排一排的双层床,各占一个铺位,这就是我们的栖息之地。住在本人上铺的是一位连级干部,贫农出身,属于"根正苗红"之类的。他文化不高,心地挺好,虽身为领导,但没有搞什么"特殊化",而是和我们这样的"普通战士"同劳动,同学习,一起"斗私批修"。

  我们平时虽然"共同语言"不多,但倒也能够保持着带有一定距离的互相尊重。他这人什么都好,唯独有一个我们不好接受的习惯:不洗澡。无论多热的天气,劳动后回来用毛巾稍稍把汗擦干,就可以睡觉。他的衣服湿透了汗水,也不肯轻易一洗,而是把它挂在床头,让其自然晾干,第二天再穿上,就又劳动去了。他那衣服的汗臭味,不光熏得我难于忍受,连全室的"五七战士"都为之掩鼻。怎么办呢?如果他是普通"战士",我们可以直言向他建议:请他勤洗澡,勤换洗衣服那就行了。如果他是"专政对象",那就更简单,可以"命令"他改掉坏习惯,不要用自己的"资产阶级臭气"去熏别人。可他是劳动人民出身、响当当的红色干部而且还在领导我们劳动的呀!说他的劳动汗水臭,万一上起纲来你担当得了?

大家苦思而不得其策，终于谁也没敢开口。而奇怪的是，气味闻惯了久而久之就不觉得像当初那么难受。就这样，我们强迫自己接受了"劳动人民"的生活改造。不过，后来宿舍调整，我们还是庆幸自己能够"敬而远之"。

不准"小便"

干校据说也是"阶级斗争"的场所，一些"死猫"要被揪出来接受"攻心战"。他们遇到无中生有的污蔑之词，免不了加以否认或申辩几句。这时就有人领着"革命群众"高呼："不准XXX狡辩！"，众声夺人。记得当时有一名小头头，来自农村，这"狡"字老是发音不准，读如xiao音。他一领喊口号，我们都禁不住暗暗发笑，因为我们听到的是"不准XXX小便！"这使当时浓重的悲剧成分平添了一丝儿喜剧的气息。后来我们给那位小头头送了一个"不准小便"的雅号。这"不准小便"不正反映了当时一些人横蛮无理的霸道作风！

结束语：记忆是个大网眼的筛子，许多琐事都从其中溜走了。留下来的以上几条都给时光冲掉了新鲜感。也许平淡无奇正是真的体现吧。因为我当时的经历正是大多数"普通五七战士"的经历。

（原载《英州夜话》，江惠生、黄伟宗主编，花城出版社，1999年版）

只要能带着独立思考的精神去读
——译后记

"文化是什么?"真是众说纷纭,莫衷一是。连权威的国际组织——联合国教科文组织也没有对此问题下过明确的定义。《个体文化与大众文化》(上海人民出版社出版)作者凭其广博的知识,从历史和现实的角度,对各种文化现象展开广泛的论述,有些材料相当周全,某些见解令人耳目一新。比如:

"文化"一词的起源及此词含义的演变。

历史上几次关于"文化"概念的大争论。

文化和社会主体的人密切关联。作者引用古希腊哲学家的话:"如果牛马有手,能够像人那样用双手绘画和制作艺术品,那么马画出来的神,其面容就会像马,牛画出来的就会像牛,他们会各按自己不同的种类造就出不同的形体……"

科学在文化中如何从"灰姑娘"上升到几乎凌驾一切的地位。

文化工业兴起的利弊得失。对资本主义消费社会的广告宣传提出严厉的批评。

承认文化的多样性;肯定每个民族保存自身文化特性的必要性。

对"全面文化"的重视。"全面文化指的是在思维的主要领域里有着一整套的均衡知识"。"今天的文化人注重创造、更新、道德责任,注重伦理上的义务,有时还注重政治上的义务。"

指出科学技术的发展使文化的大众化得以实现,而今后科技的进一步发展反过来又使文化向"非大众化"逆转运动。"凭着同步通讯卫星、光纤电缆电视、无线电中继传输、盒式录像带……人们便可以不受国家广播与电视的统制而能获得日益增加的选择可能性，因而也就一定程度回复到家庭文化。"如此等等。

本书以简洁的文笔触及多方面的问题，篇幅不大，而容量丰富，读后能给人以不少的启迪。

然而本书在观点方面的缺陷却又十分明显，译者起码可以指出三点：

一是完全否定文化一定的阶级性，提倡文化的"非政治化"；在现实社会里这种主张很多时候不过是自欺欺人之谈。

二是在文化问题上把个人看得高于一切，认为"起码不要让大众压抑了个人"，仿佛个人可以无需随着社会的改变而改造自己似的。

三是从"欧洲文化中心论"的角度去观察和研究问题，幸而作者对这方面的不足已有所察觉，他指出："未来的文化会进一步从欧洲以外的源泉（例如亚洲的巨大的精神宝库）吸取养分。"

综观全书，我以为它还不失为一部能启发人思考的佳作，只要我们能带着独立思考的精神去读，总是可以从中借鉴一点东西的。

本书的作者是位法学博士，写有多种关于历史、文化问题的专著，除本书以外，他的《国际文化关系》也是值得一读的。

（《个体文化与大众文化》，路易·多洛著，黄建华译，上海人民出版社，1987年版。《译后记》另载《广州日报》"序跋选登"栏，1988，8，11）

宠辱不惊 去留无意
——离任前的讲话

最后一次讲话,真的有点不知说些什么好。心里有些想法就略为表达一下吧:

首先,我感谢上级领导和省厅的信任和关怀,让我当了11年半的行政第一把手(任副职的期间不算),还有机会当上了广东外语外贸大学第一任校长,虽然这段时间,我有所付出,也作了一定的牺牲,尤其大学合并、组建这几年,更是大伤脑筋;不过,十几年来我能够为学校、为大家做点事而且得到了锻炼,那是上级信赖和支持的结果,毕竟不是每个人都有我这样的机会的。

接着,我还要感谢学校班子以及各部处、各院所、系部的同事们、老师们,感谢你们给我的支持和鼓励,感谢你们对我的理解和帮助。广外大这几年有了一定的进步和发展,都跟你们的通力合作分不开,没有你们的努力,我必将一事无成。我会珍惜并记住咱们一起共事的好时光。

第三,我还要表示一点歉意。如果我曾经不经意地疏忽了一些人,或是某些利益关系没有协调好,请多多谅解。我作为一名双肩挑的教师,可以说已经尽了自己的力量,我无意伤害任何人,也不搞亲亲疏疏的关系。和我比较亲近的人,我也没有给予额外的照顾。因此,如果我有什么做得不够的话,那都是无意的,请大家理解。

最后，我征得谢书记的同意，代表她在这里一起表达这样的意思：我们两人虽然不必参加"三讲"活动，但我们欢迎同志们随时审查我们任职时间的一切。

至于我们在职期间的工作，就不必在这里回顾了，做得怎么样，还是由大家评说的好。

不过，多年以来，我记住了两副对联，这也反映了我的心境，倒不妨趁这机会说一说。第一副是：

宠辱不惊，看庭前花开花落；
去留无意，望天上云卷云舒。

保持平和、宁静、豁达的心境，经得起赞扬、捧场；也受得起误会、委屈；能上能下，去和留都不特别在意，而且都一样高兴，我想我们应当有这样的心态。第二联是：

诗堪入画方称妙，
官到能民乃是清。

前半联是衬托，后半联才是我的着眼之点。我不敢说自己已经做得怎么样，但我是常常用后一句话来勉励自己的。

我说完这番话之后，接力的棒子就正式交出去了。我相信接棒的人会比我跑得更快，也更稳健。我身上的毛病和缺点，想必不会在他身上重现。衷心祝愿广外大在新班子领导下，有一个新的起点，创造出新的辉煌！

谢谢各位!

2000年6月6日

(原载《广东外语外贸大学校报》2000,6,15)

《花都异彩》开篇的话

我把多年来在《人民日报》、《随笔》、《译海》、《广州日报》、香港《大公报》等报刊上发表的文字收集起来，经过扬弃，删削，润色，就要结集出版了。给这本微薄的集子取个什么名字好呢？颇费踌躇。时下流行的"纪行"、"寄语"、"随感"、"剪影"，似乎太落俗套，而且概括不了集子的内容；想抽其中的一篇作为书题，又觉得没有哪一篇合适。再三思量，仍然不得要领，只好姑名之曰"花都异彩"。"花都"指巴黎，不言而喻，集子中好几篇文字都涉及巴黎的风光景物、人情世态，而其中一篇还以"花都"为篇名；书名用上"花都"二字顺理成章，似乎不必解释。那么，"异彩"呢？这里我有意对此词赋予新解。它首先指的是异国、异域的景物、风采。不过，我却不刻意追求招人一时喜悦的异国情调，这里所写的大都是一点一滴仔细观察而得的体会。实行开放政策以来，有机会出国的人很多，有些人作为匆匆的过客，而且不懂当地语言，却能写出洋洋洒洒的关于当地名胜古迹、风土人情的文字。我却无此本事，虽然曾在国外几年，但也只能捕捉到一鳞半爪的印象，而且还不敢说不带偏见，因而在《重生轻死》一文的"附言"中，我不禁发出感叹："一个东方人观察西方世界真不容易！"

"异彩"还有另一层意思。集子中一些文章的取材和行文角度都有别于时下国内同类型的散文。就《漫话回港人》的一组文章来说吧，从香港人的角度去描绘回港人的心态，我敢夸说在国内是绝无仅有的，因此文章中运用少许香港的方言或洋泾浜也就不足为怪了，何况好些文章最初还是面向香港读者而写的。如果境外读者能接受，我想这"异彩"就不会是浮光掠影的猎奇，但愿透过这平和的文字，读者能感受到内中包含的诚与真。

"花都"与"异彩"的含义说过之后，读者便可知道：合起来的"花都异彩"，不是"花都之异彩"，而是"花都、异彩"，即既写花都之艳也描画花都之外的异彩纷呈。

集子中的文章署上了两个人的名字，黄建华是拙名，似无需交代。俞剑何许人也？最初原是本人的笔名。妻子姓余，小女名迅余，"俞"与"余"同音，取其为笔名的姓；拙名中有一"建"字，在普通话中，"剑"与"建"同音，用以作笔名之名。可是后来妻女都要试笔，也沿用"俞剑"的名字，于是三人便合用一个笔名，细心的读者不难察觉，"俞剑"似乎行踪无定而且分身有术，时而在国外，时而在香港，时而又回到内地。其实不过是我们三人有时分处三地而已。当然"俞剑"的名下还是以本人为主，有些文章也是经我改定而后发稿的。

名家的笔名有许多奥妙之处，令人颇费猜测，甚而引发出不少考证或驳难的文章，乃至由此而形成了一门新的学问——"笔名学"。而我们都是无名小辈，肚子里并没有什么深不可测的东西，那就干脆借写《开篇的话》的机会，把笔名的底蕴和盘托出，希望能凭这种"透明"更加接近读者。如果有机会接触本书的人在开卷之后能够不释卷地读下去，而且读后还能获得一点儿新鲜的感受，我们也就于愿已足了。

（《花都异彩》，俞剑著，武汉出版社，1993年版）

《随谈录》书末的话

将陆续在各地报刊发表的文字汇集起来，估计又可以编成一本散文集了。为此，少不了一番筛选的功夫。有些文章写时踌躇满志，自以为是得意之作。时过境迁，想法大变，今天再翻出来一看，深悔自己竟然留下这样的"劣迹"。有些文章交稿时就不觉得怎么样，此时自然也不会"化腐朽为神奇"。叫自己汗颜的，倒容易处理，割爱就是。难的是那些平淡无奇，但却弃之可惜的。孰舍孰取，颇费一番斟酌。

幸而"文章是自家的好"，这种心理，我也未能免俗。于是我采取较为简单的做法，"厚今薄古"，少挑一些旧作，也就顺顺当当地选定了。因此，本集子虽然没有给每篇文章标上发表的日期，但所收的大多数是近几年的文章。当然，说不定自己日后再读，照样会脸红的。

集子编成，要取个合适的名字，也颇为费事。想了好几个，都自觉不满意。于是也来个偷懒的办法：取其中一篇的题名，就叫"随谈录"吧。我这书名未免欠缺文采，但它却有一个好处：无着意包装自己之嫌。

至于集子的署名，我在1993年出版的散文集《花都异彩》中曾经提及，现在干脆把那段文字转引在这里，也算是个交代：

集子中的文章署上了两个人的名字，黄建华是拙名，似无需交代。俞剑何许人也？最初原是本人的笔名。妻子姓余，小女名迅余，"俞"与"余"同音，取其为笔名的姓；拙名中有一"建"字，在普通话中，"剑"

与"建"同音,用以作笔名之名。可是后来妻女都要试笔,也沿用"俞剑"的名字,于是三人便合用一个笔名,细心的读者不难察觉,"俞剑"似乎行踪无定而且分身有术,时而在国外,时而在香港,时而又回到内地。其实不过是我们三人有时分处三地而已。当然"俞剑"的名下还是以本人为主,有些文章也是经我改定而后发稿的。

在结束本篇"书末的话"之前,我还是重提自己说过的老话:如果有机会接触本书的人在开卷之后能够不释卷地读下去,而且读后还能获得一点儿新鲜的感受,我们也就于愿已足了。

1998年4月于广东外语外贸大学校园

(《随谈录》,俞剑著,广州出版社,2001年版)

引子(序《春雨催红育新桃》)

这是一部从各个角度、按不同学科探讨培养21世纪新人才的文集。主编本想约我也写一篇，因事忙，也因肚子里没有什么新东西，我却辞了。随后他委托我写个序言，这倒是一种能容许作者自由发挥、可长可短、可紧可松的文字，于是我欣然答应下来。

培育新型人才，该从何说起？

记得罗曼·罗兰大致说过这样的话：许多人过了40岁，往后的日子便自觉或不自觉地生活在前半辈子的影子里。生活在自己的"影子"里的人，在我们的周围，其实不难见到。罗曼·罗兰的话给了我们一个启发：如果不与时俱进，那就只能自己重复自己，换句话说，一名中年以上的教师，要是只能向学生照搬他那一套滚瓜烂熟的东西，而缺乏不断创新，那是无法指望他培养出具有创造力的新人来的。

我们常常见到这样的现象：做父母的对孩子寄予厚望，往往要他(或她)实现自己这辈子未能实现的事情，可是这种刻意的强求，多半引起孩子的反感，事实证明，能收到预期效果的不多。这又给了我们一个启示：人才的培育不能按自己的"模子"来"刻印"，而是要因其"材"去塑造。如果不认识这一点，哪怕是有最好最新的设计，也是无法培养出新人来的。

我们还见到这种情况：从小学起就要求学生整齐划一，有时连坐姿(如一律两手放背后)也要求一个样；至于课程设计，考试科目，学习年限等更是长期的"大统一"。人们已经习惯于人才的群体化、集中化、同步化的"生产",以为历来如此,而不知道这只是工业文明时期的产物(例如,我国农业文明时期的私塾就不是这样)。现在我们正迈进信息文明的时代。大型群体化的工厂式生产,将逐渐被由信息工具所控制的小型、零活、多样化的生产所替代。人们将来的许多工作只需在办公室、甚至在家里就能够完成,而不必非到车间不可。面对即将到来的新情况,目前依然相当盛行的那种刻板的、千篇一律的、无视个人特点的教育,显然不可能与之适应。对于现时教育体制不合理的部分如果不厉行改革,要培养21世纪的新型人才,那也只是一句空话。

我们还常见这样的情况:学校里的尖子学生,毕业后到了社会未必有很高的成就,倒是学业平平而思维活跃的学生(有时被视为"调皮捣蛋"),往往取得骄人的成绩。之所以如此,其实不难解释:所谓"尖子",无非表示知识积累比别人多,但并不意味能力有多强,到了社会上,在学校所学到知识其中的一部分已经老化,势必不能适应工作的需要,如果缺乏不断更新的进取精神,自然就无法取得重大成就。而"思维活跃",则正表明对新鲜事物的敏感性和吸纳能力,这样的人注意自我完善,富于创新精神,能取得令人羡慕的成绩,那也是很自然的事。这一现象也给我们一个启发:能力教育、方法教育的重要性不亚于知识教育;单纯的知识教育并不是培育创新人才的有效途径。

我们也不时发现这样的情况:一些智力上或文化知识上似乎有缺陷的人士却对科学文化事业做出巨大的贡献。普希金在皇村中学念书时数学不及格,达尔文据说曾是个留级生,可是这并不影响前者在诗歌上的杰出成就,后者在生物进化论方面的重大发现。我们鼓励受教育者"全面发展",提倡复合型、多向型的人才,那当然是适应未来社会发展的好事,但我们却不可以因此而忽视"偏才"、"鬼才"。我们如果有兴趣而同时又有工夫的话,不妨来考察一下,看看古今中外有多少带有创新标志的成果,是出自"偏才"或"鬼才"之手的。我看为数不会太少。未来的社会应是一个由多种人才组成、各种真有本事的人都有其用武之地的社会。一考定终身,过早以所谓"全面发展"的框框来淘汰稍越常规的"苗子",未必是造就多样化的新人才的好办法。

  归根结底,新人的培养,有赖于新的教育观念的支撑;大纲、教材、教法、辅助工具、考试手段,等等,都是据此而来的。行文至此,我还未说到关于思想教育、道德品质教育的话,这并非不重要,相反这正是素质教育的关键,不过本书已有专门文章论述,我这里就不再饶舌了。至于哪一方面的专门人才如何培养才算得法,我也没有提到,这还得请读者费神去翻阅本书中的文章。我认为,序言,无非是正文的引子而已。既是"引子",就不宜写得太长,以免占去读者阅读正文的时间,还是就此打住吧。

2000年8月2日于广外大校园

(《春雨催红育新桃》,世界图书出版公司,2000年版)

关于大学"全球化"的思考

引 言

  我在"广州迈向现代化对策研讨恳谈会"上提到一组数字：根据国际经济发展的经验，引进外资的规模与对外投资的规模之间存在着一定的比例关系。世界平均水平为1∶1.1，发展中国家的平均水平为1∶0.13，我国的平均水平为1∶0.05，不仅大大低于世界水平，也低于发展中国家的水平。而广州的平均水平则是1∶0.005，这与广州迈向现代化都市的地位极不相称。①我曾就这一点请教广州市长林树森，为什么存在如此大的差距？林市长不假思索地答道：其中一个原因，就是我们还缺乏人才。我认为林市长的话，可以说是一语中的。的确，即便我们拥有充足的向外投资资金，如果我们没有相当数量既熟悉国际经济运作，又了解人家的国情、法律、文化，而且熟练掌握外语的人才，扩大对外投资规模只能是一句空话，更不必说要取得投资效益了。

  人才从何而来？除了通过实际工作训练之外，主要还得通过高等学校提供。而要培养出具有世界眼光，能在国际舞台上大展身手的人才，大学就必须适应"国际化"或"全球化"的趋势。当今发达国家的大学都不同程度地关注着"面向世界"的问题。1998年4月7—10日，

---

① 见《国际经贸探索》1998年第2期第7页。

我应邀参加了由英、美、法三家大学发起在法国举办的"国际教育高峰研讨会"（An International Educational Summit），其议题就定为"向全球大学迈进：21世纪的对策"（Towards the Global University: Strategies for the Third Millennium）。会上我和一些院校长进行了交流，切磋，深受启发，认真思考了一些问题。现在略加整理，见诸文字，聊供参考。

一、"全球化"的含义

大学"全球化"的提出，并不是出于什么人心血来潮的产物，而是科技突飞猛进、世界经济全球化的必然结果。70年代已有大学开始考虑这个问题，90年代全球化的进程加速，我们似应注意这个问题的迫切现实性。就一所大学来说，所谓"全球化"，大体有如下的标志：

1. 任课的教师来自不同的文化背景，而不限于本国人士，有些大学现在已经从世界范围来考虑招募教师。

2. 学生来自世界各地，校园成了小小的国际共同体。据统计，目前澳大利亚的国际学生已达学生总数的9%①，"全球化"程度高的大学当然远远超出此平均数。

据美国的 American University 校长 Benjamin Ladner② 最近介绍，从来源上来说，该校的学生，所代表的国家和地区，竟达145个！

3. 在读学生的一部分课程的学分应在国外取得，例如法国著名的高等商科大学（ESSEC, HEC③ 等）就规定学生在学期间要到国外挂钩的

---

① 见澳大利亚 Monash 大学副校长 Alan Lindsy 教授在"国际教育高峰研讨会"上的发言稿："The implication of globalization and technology for the role of academics"。

② 笔者于1998年6月8日接待了该校校长一行来访。

③ ESSEC 即 Ecole Superieure des Sciences Economiques et Commerciales（高等经济及商业学院），HEC 即 Ecole de Hautes Etudes Commerciales（高等商科学院）。

大学修习约1/5至1/4的课程。这样做,并不是因本校师资匮乏无法开课,而要让学生在不同的文化环境中浸染,以便于将来适应跨国性的工作。

4. 课程设置不仅体现民族性,而且具备国际性的内容,有些课程径直采用世界先进的教材和考核方式,而且直接用外语教学。

5. 跟国外的大学和学术机构有充分的联系和学术交流,经常有国际合作的科研课题,而且取得显著的成效。

6. 拥有先进的远距离教学手段,把校园里的讲授与"全球性"的传授紧密联系起来。

按以上六点来衡量,我国的高校(即使是其中的最先进者)显然还存在着相当的差距。而要急起直追,迎接21世纪"全球化"的挑战。我认为,除了考虑技术因素之外,更重要的是观念上的转变、更新。

二、观念上的更新

随着"全球化"时代的到来,资讯手段日趋完善,交通工具不断改进,人的活动范围在迅速扩大。信息传递,无处不达,时间的差距,接近于零;人员往来,朝发夕至,空间的阻隔,不成障碍。21世纪的大学,要对本国、本地区的发展作出有效的贡献,就不能无视以异常速度变化着的世界。如果我们所培养的学生在这方面缺乏精神上、技能上、知识上的任何准备,我们的教育不能算是成功的。为此,所有重点大学都应该从全球视野的角度来考虑自己未来的发展。台湾大学校长陈维昭说得很好:"一所合格的大学应该将自己视为世界大学组成的星座中一颗绚丽的恒星。"[1]小平同志"面向世界"的名言值得我们牢牢

---

① 见1998年5月16日《光明日报》载文:《二十一世纪大学的角色与使命——访台湾大学校长陈维昭》。

谨记。

当今世界，各行各业的知识信息总量都在激增，目前平均每一年半即增长一倍，有人预计，到2010年的时候会达到每6个星期左右增长一倍。全球面临着重大的信息革命。不管你愿意不愿意，这场"革命"正改变着我们的思想观念、工作方法、通讯手段乃至娱乐方式……自然，我们的教学观念、教学内容、教学方法首先要随之而改变。我认为，在下列的几个方面，我们应该有自己的预见性：

1. 查询的东西比阅读的东西还要多的时代即将来临，目前的教学目的和方法非彻底改造不可。高等学校的教学，主要不再是讲授某门或某几门知识，而是教会学生凭借工具猎取知识的手段。教学的重点是方法传授和技能训练。教师担负的是引导者和训练员的角色。满堂灌、教师读讲义、学生记笔记等的陈腐方式必将遭到彻底唾弃。学生不是知识的被动接受者，而是富于创造性的学习者。教师也不仅是知识和方法的传授者，还应是新知识的创造者。培养学生对知识的独立吸收、创造运用和自我检验的能力，应成为教师的主要任务。谁不按此趋势厉行改革，谁就有可能成为教育战线的落伍者。

2. 新旧知识以前所未有的速度更替，教师必须与时俱进，稍一疏忽，便会落后，学生比任何时候都更有可能超越自己的老师。目前在信息科学领域的情况已经大体如此。肩挑大梁，富有成果的不少是二三十岁的青年人，上了年纪的，往往感到追得吃力，难以为继。韩愈所说的"弟子不必不如师"，将来是常见的现象，师生的关系产生崭新的变化。旧式的"师道尊严"那一套再也吃不开，"教学相长"乃是常规之理。有鉴于此，必须树立"无常师"的观念，摒弃"论资排辈"的体制。这方面，谁率先更新观念，建立起人才选拔的合理机制，谁就有希望跻身于未来教育的前列。

3. 大型的群体化、集中化、同步化的工厂式生产,将有相当部分逐渐被由信息工具控制的小型、灵活、多样化的生产所替代。人们的许多工作只需在办公室,甚至在家里就能完成,而不必非到车间不可。与之相适应的教育不可能是目前依然盛行的那种刻板的、千篇一律的、无视个人特点、"批量式生产"的教育。且拿外语来说吧,世界上一些学校的新型语言训练室就可以视作是未来教育的前兆。那里面装置着先进的多媒体设备,藏有相当丰富的各种各样的资料,或视、或听、或做练习,任人随意选择、安排;进度和成绩随时可以自测;本人的薄弱环节可以通过专项的强化训练予以补救,如此等等。见微而知著,我们可以断言,古代"因材施教"的理想,将在未来教育中得到新的体现。21世纪的教学将从以教师为中心的方向转到以学生为中心的方向来。谁充分重视学生个人的不同特点和需求进行施教,谁就能把教育办得充满生机。

4. 校园内教学与校外教学的界限逐渐模糊起来,学制长短、授课时间、传授方式等高度灵活。全日、半日、晚上、周末,逢一、三、五,逢二、四、六等等,均无不可。面授、函授、刊授、电台授、电视授、因特网授等等,样样咸宜。学生不论身处世界任何地方,都可以登记入学,通过因特网或其他媒介可随时随地修习学校所开设的课程。由于远程教学工具为双向设施,因此学生还可以通过荧屏与老师"面对面"交流,提出问题、缴交作业、参加考试、取得学分。教育"弹性化"的结果,必将打破目前把正规学历教育与成人教育截然分开的僵硬模式。在诸多的灵活措施中,只有一项不得灵活,那就是:严格的考试、考核标准。

5. 未来的社会愈趋多元化和复杂化,各地的经济发展程度不一、优势各异。中央集权制的统一模式的教育,必然不能适应未来社会的多样化发展以及各地区经济水平的千差万别。目前我国正在尝试将一部分部委属院校的隶属关系划转至地方政府,这无疑是一种明智之举。

未来的教育不可能遵循中央高度规格化的模式发展。在办学方面，必须既统观全局，又结合本地区的社会、经济、文化发展状况以及自身的情况予以规划。学校必须面向世界，而又要保持民族特点，换句话说，我们不应"固我"，而又不可"无我"。可以预期，无论学校的规模大小，谁办出高水准的、符合社会需要的、独树一帜的特色来，谁就能在未来的教育中占据一席重要的位置。

6. 文化消费群体化的主导地位逐渐由个体化取而代之（例如，音像制品激增，群众有了几乎无限的选择可能性，几个人甚至几十个人挤在一台电视机前的日子，已经或即将一去不复返）。随着周末、休假日延长，老年人数量增加，与职业或生计无关的教育在总教育中的比例将会大幅度增长，这一部分的教育（无以名之，我们暂且称其为消闲教育或乐生教育）也是一种文化消费，寓教于乐与寓乐于教相辅相成。教育制品的生产将成为空前庞大的产业。谁能够不失时机地探索这方面的教育问题，制订出完善的方案，并按需要推出成熟的制品，谁就肯定会获得巨大的社会效益和经济效益，从而反过来促进此类教育的发展。以上各点，无不与"全球化"的趋势联系起来，我们今天为此认真做准备，是朝"全球化"的目标迈进的重要保证。

三、建议的对策

在目前物质条件不足，观念上还不适应的情况下，全面号召建设"全球化"的大学是不切实际的，但却可以挑选个别学校做试点，为未来及早作准备。选为试点的大学应具备如下几个基本条件：

1. 校内管理体制的改革已经完成，各种关系较顺，教学、科研的发展势头良好。

2. 规模适中,过大不易摆弄,且投资太多,过小则典型意义不足。

3. 外语力量较强,是同层次大学的前列者。

4. 校内开设的学科迫切需要而且易于进行国际交流,如各门外语、外经贸、国际法、国际金融等。

5. 外籍教师和外国留学生分别占师生的比率较大。

6. 具有长期对外交流的传统和经验,外事工作基础良好。

对试点的学校应采取相应的措施:

1. 政策上放宽,赋予其较大的办学自主权。目前不易批准的一些对外办学方式都应予放宽限制,如:相互开课,彼此承认学分,颁发联合文凭;易地上课,承认学历,允许学生同时领取国内文凭与国外证书;境外办学,有权颁发相应的学历证件;自主选用与世界接轨的或国际上认可的先进教材,参照而不必受制于全国统一的教学大纲,统编教材,统一考试,等等。

2. 督促试点大学迅速转变教育观念,厉行教学改革。例如:将"学"与"术"的科目区别开来,"学"的要求是广阔视野,总体把握,养成独立分析、钻研、发现问题的创造性思维;"术"的要求是高度强化的专业技能的训练和运用,切实掌握服务社会的过硬本领。实行有关专业和科目的交叉融通,通力合作,培养新一代适应多方面需要的复合型人才。对于可以由电脑处理的覆盖面广的课程(如资料性、知识积累性的基础课程),请最优秀的教师,配以熟练的技术人员,精心制作出质量上乘、性能安全的教学软件,实施不限时间、地点、灵活多样的"机授",腾出人手来,改善其他方面的教学环境,大力提高教学效益,等等。

3. 适度投入,改变投资的重点。这里提"适度投入"而不提"加大投入",为的是防止出现以试点为由,向政府"狮子大开口"的不良倾向。而投资重点的变更,指的是从以建设校园为主的投入,转到以建设新教学设施或改进旧教学设施为重点的投入。这几年来,政府为某些学校不断征地,不断修整校园,不断扩大基建规模,固然给师生提供了较为宽敞、舒适的场所,起一定的作用,但从教学效益方面来说,所费甚巨,而收效极微。我国虽属第三世界国家,可在校舍(办公室、教室等)的利用方面,其阔气的表现,有时比第一世界还要"第一世界",只要考察一下某些学校的课室利用率,就可以知道我此言不妄。前文提到,随着"全球化"的发展,校内外的教学完全可以融通,扩大招生规模,并不是非要扩大校园不可。校园内的楼房,也无需愈建愈高,愈建愈大,例如,《四库全书》《二十四史》、几十年的《人民日报》等等都上了光盘的时候,一般的学校还用得着巨大的藏书楼吗?有的教育家甚至断言:"30年之后,庞大的校园将成历史陈迹。"[1] 此话可能有偏颇之处,但除了维持不得不建的项目之外,试点大学把主要资金投在媒体建设、网络教学、双向设施、评估系统、卫星传输等方面,我看是符合未来"全球化"的发展方向的。

照此做去,我们就不难凭有限的投入进行有效的试点工作,试点的成败得失,将为其他大学提供活生生的借鉴榜样。

四、严峻的挑战

上文提议试点建设"全球性"大学,绝不是出于赶时髦,而是因为强烈地意识到面临着严峻的挑战。

西方的大学,尤其英美等国的大学力主"全球化",不管其主观的

---

[1] Kenzner, Robert and Stephen S. Johnson. 1977 "Seeing Things as They Really Are" Forbes. vol 159, no 5, March 10, pp 122+.

动机如何,客观上将会把一些发展中国家的教育纳进其运行的轨道。如果我们缺乏警觉性,弄得不好,若干年后,就有可能出现如下的局面:

1. 英美的文化观念、价值准则凌驾一切,其他的大都逐渐丧失"自我",自觉或不自觉地以其为依归。

2. 多元化的世界日益趋向单极化发展。

3. 处于极其优越地位的文化教育,终于孕育出新的经济帝国主义来。

当然,这种不幸的局面是我们所不愿意见到的。然而,是不是因为有此担心,我们就龟缩起来,不必敞开大门了呢?不,世界发展至现阶段,各国已经不可分隔,我们只有迎上前去接受挑战,才能知己知彼,在未来的竞争中,占据自己的一席有利位置。

经济的"全球化",迫使中国企业不得不参与国际市场的竞争。就是为了支持中国企业的竞争,我们也不能无视大学"全球化"的发展新动向。何况目前这方面的人才,我国还异常缺乏呢!而这种"外向型"的人才,关起校门,是绝对培养不出来的。

以上是我对"全球化大学"的诠释和粗浅见解,难免有臆想的成分;希望今后看到有更多的人对此作出真正具有科学性的预测,以便更好地设计未来,创造未来。新世纪即将来临,令人憧憬的未来是属于那些具有世界眼光,预见正确、并积极为之作准备的人们的。

(原载《高等教育探索》1998,4;又载《教育与现代化》1998,4)

《遗珠拾捡》序诗

因情而做诗
  纵使对诗艺无知
  也总有几分诗意

为诗而造情
  纵有娴熟的技巧
  也只得诗的躯壳

请用心灵掂量吧
  看看我献出的是伪是真
也许笔锋还欠圆熟
  但一词一字都用恋火铸成!

《遗珠拾捡》后记

  在收集宗岱师遗稿、佚诗的时候，我深深体会到搜求前人散逸作品之繁难，由人及己，竟萌生了一个非分之想：何不也把自己有可能散失的东西结一二集子出版？省却后人（起码是家人）求索的麻烦。然而我知道这个比附很不恰当，宗岱师是名家，他留下的诗文自有供研读的价值，而我这些浅陋之作，说不定只配扔进废纸堆。不过，"敝帚自珍"的心理还是占了上风，于是编成了本集子。

  至于书题"遗珠拾捡"的含意，应该是不言自明的了。这"珠"，不一定是客观之"珠"，而只是选取我重读起来不致那么脸红的那部分作品或译作。如果连自己都通不过，却硬要推出来，那可不是对读者负责任的表现。我在把"珠子""捡"出来的时候，还做了少许的"去尘"、"打磨"的功夫，也就是"update"的工作吧。这样，兴许不致远离当代的年轻读者。

  我用了"恋情诗歌集"为副题，除了表明本集所收的是爱情诗作之外，还暗含这样的意思：其中一部分是作为歌词来写的。虽然歌词就其本质而言也应是诗，但在用韵、节奏安排等方面总还有自身的一些特点，而且也不宜像某些朦胧诗那样写得过于曲折幽隐。中国歌坛（也包括香港歌坛）当然不乏优秀的词作，但半通不通、虚情假意、哗众取宠的也不在少数。自信本书所载的不至于是"假冒伪劣"的货色。

  翻阅本书的读者可能会有这样的疑问：为什么编者专门挑选爱情诗作呢？难道我没写过或译过别的东西吗？不是的。众所周知，目前诗坛沉寂，诗集出版十分困难，专辑情诗，无非是想多促进一点本书的销售。投石问路，希望日后还能编出别的集子来。

我还像过去那样，出版文艺作品时，多用"俞剑"的笔名，虽然本集子中的一部分最初发表时是用了"黄建华"的原名的。至于"俞剑"的含意，我在自己的散文集《花都异彩》（武汉出版社）和《随谈录》（广州出版社）均已交待过，不再饶舌。作者本人是何许人，我自己也不来"显摆"一番，因为这种"身世"，和作品的高低，很多时候是没有多大关系的。宗岱师曾经说过："一件成功的文艺作品第一个条件是能够自立和自足，就是说，能够离开一切外来的考虑如作者底时代身世和环境等在适当的读者心里引起相当的感应"。[1]我认为宗岱师的话是对的，这也就是我没给本集子写"前言"也没有更多地交待自己的原因。

临末，还想交待一句：本书除封面外，整个编排（包括选择插图、版面设计、字体设定等）都出自我一个人之手。这都多亏计算机之助。如此一来，"文责自负"的成语对我来说就有了新的一层含义，即不但对"文"的内容而且的对"文"的表面格式都要负起责任来。我希望自己的编排不至于离专业水平太远，也希望读者知道我是个新手，不在这方面作更高的要求。

2001年9月于广外校园

（《遗珠拾捡》，俞剑著·译，开益出版社，2001年版）

---

[1] 见《屈原》（梁宗岱著，1941年夏，华胥社出版）的《自序》。

《遗珠再拾》后记

在收集宗岱师遗稿、佚诗的时候，萌生了一个非分之想：把自己有可能散失的东西也汇集起来，于是便有2001年《遗珠拾捡》的出版。我曾在该书的《后记》中写道："投石问路，希望日后还能编出别的集子来。"承蒙读过《遗珠拾捡》的文友鼓励，他们说：虽然那未必都是"珠"，但其中还有可玩的"石子"。我便重新鼓起勇气，再度"拾捡"一番，也就编成了这本《遗珠再拾》。其中的"珠"，自然不是客观之"珠"，而只是"自珍"的那部分，说不定全都是"石子"，就算是"石珠子"吧。我再捡出这些"石珠子"的时候，仍然做了少许"去尘"、"打磨"的功夫，也就是"update"的工作。我不愿意其面目太陈旧，令读者望而生厌。

这次"再拾"所得，比《拾捡》的题材广泛一些，形式也似乎多样化一点，但以抒情短诗为主，因此取了"抒情小集"的副题。《再拾》仍然沿用"俞剑"的笔名，虽然本集子中的小部分当初发表时是署了"黄建华"的原名的。

希望有机会读到《再拾》的人能和《拾捡》对照一下，如果他们没有觉得"每况愈下"，笔者就十分欣慰了。"再拾起来"而没有勇气出示的"石子"还有一些，就让时间之流将它们永远冲走吧。临末，对于支持我辑稿结集的同事和友人，谨表由衷的谢意！

2003年8月于广外校园

(《遗珠再拾》，俞剑著·译，开益出版社，2003年版）

《黄建华短诗选》序诗

有人写诗
为的是讨别人赏识

我的写诗
只为释放自己

为某种目的而写的
也许装扮得很美丽

不为什么而写的
省却了一切矫饰

(《黄建华短诗选》,黄建华著,银河出版社,2007年版)